KB140353

오이디푸스 왕

고전·르네상스 영문학회 델피시리즈 그리스극 4

오이디푸스 왕

Oedipus the King

소포클레스 지음 ― 강명순 옮김

도서출판 동인

델피시리즈를 내며

　고전·르네상스 영문학회에서는 그리스 및 로마 드라마와 르네상스 시대의 영국 드라마의 중요한 작품들을 번역하는 작업에 대한 논의가 오랫동안 있었다. 이 계획의 구체적 결과물이 델피시리즈이다.

　이 시리즈의 우선 목적은 그리스와 로마의 대표적인 드라마와 르네상스 시대의 영문학 고전을 접함으로써 우리의 삶이 더욱 풍요로워질 수 있는 독특한 문학의 가치를 학생들 스스로 탐색할 수 있도록 하기 위함이다. 다른 번역서와 차별화된 델피시리즈의 특징은 본문의 번역 이외에 작품의 내용을 다양화하여 일반 독자뿐 아니라 학생들을 위한 학습용이면서 동시에 고전 문명과 드라마, 그리고 연극에 관심 있는 학생들을 위한 안내서라는 점이다.

　델피시리즈가 시도하는 그리스와 로마 드라마의 번역에는 한계와 문제점이 있음을 인정한다. 여기 참여하는 번역진은 모두 영문학자들이다. 그렇기 때문에 번역은 원어인 그리스어나 라틴어가 아닌 영어를 우리말로 옮긴, 말하자면 중역이기 때문에 원문이 지닌 의미를 놓치는 부분이 상당 부분 있으리라 생각된다. 그러나 번역진은 다양한 영어 번역서를 참고하여 그 한계를 최대 한도로 좁히고자 노력하였다.

학생들과 일반 독자들에게 접근이 그리 쉽지 않은 고전 작품의 독서를 통하여 고전을 이해하고, 문학의 텍스트를 파악하여 작품이 주는 흥미와 즐거움을 델피시리즈를 통하여 많은 분들이 체험할 수 있기를 기대한다.

고전·르네상스 영문학회 델피시리즈 기획위원장
고려대학교 교수　송 옥

싣는 순서

작가 소개

　작가 소포클레스(Sophocles)는 아이스킬로스(Aeschylus), 에우리피데스(Euripides)와 더불어 고대 그리스의 3대 비극시인으로 불린다. BC 496년 아테네 교외의 콜로노스에서 부유한 무기상인의 아들로 태어나 최고의 교육을 받고 자랐으며 아름다운 용모와 재능, 진지한 인품, 사교성 등으로 모든 시민들의 경애의 대상이 되었다. 28세 때 비극경연대회에 처음 응모하여 스승인 아이스킬로스를 제치고 첫 번째 1등 상을 탄 것을 시작으로 62년이란 오랜 기간동안 경연대회에 응모하여 적어도 18회(일설에는 24회) 우승을 했고 2등 밖으로 밀려난 적은 한 번도 없었다. 그러므로 스승인 아이스킬로스나 후배인 에우리피데스를 능가하고 3인 중 가장 성공적인 작가생활을 했다고 볼 수 있다. BC 406년 죽기 몇 달을 남겨두고 그는 마지막으로 비극경연대회에 응모했는데 공연을 앞두고 갑작스럽게 후배인 에우리피데스의 사망소식이 전해지자 배우와 합창단 모두에게 상복을 입게 하고 자신도 상복을 입음으로 그의 죽음을 애도했다는 일화가 전해진다.

　그는 3인 중 유일하게 BC 5C 아테네의 정신과 혼을 완벽하게 구현시켰다는 평가를 듣는데 그것은 그가 살았던 시대와도 관련이 깊다.

소포클레스(Sophocles 기원전 496-406년)

그가 태어난 해는 페르시아 제국을 누르고 그리스가 부상하는 시기였고, 청년, 장년 시절에는 정치가 페리클레스(Pericles)에 의해 아테네의 황금기가 구가되는 것을 보았으며, 죽기 전에 펠로폰네소스 전쟁의 긴장 아래 아테네의 붕괴가 불가피하게 다가옴을 목도했기 때문이다. 다시 말해 아테네의 태동과 성장, 부흥 그리고 몰락에 이르는 과정을 일생에 걸쳐 체험하고 목도했기 때문에 그만큼 생생한 모습을 작품을 통해 구현했을 것으로 추정할 수 있다.

소포클레스는 아테네의 시민으로서 극작가로서의 역할 이외에 외교관, 장군, 심지어 치유의 신의 하나인 아스클레피우스(Asclepius) 신의 사제 역할도 맡아했다. 아테네의 민주주의가 정부의 모든 부문에 대한 참여를 시민들에게 요구했기 때문이다. B.C. 443년에 아테네의 위대한 정치 지도자 페리클레스(Pericles)에 의해 델로스 동맹의 재무장관에 임명받아 국가들로부터 세금 징수하는 일을 맡아함으로 아테네의 위상을 국내외적으로 공고히 하는데 공헌했다. B.C. 440년에는 아테네의 권위에 도전한 사모스(Samos) 섬의 포위공격에 장군으로 봉사했으며 펠로폰네소스 전쟁 기간에는 아테네 동맹군과의 협상을 지휘하기도 했다. 이처럼 여러 다양한 공적 임무를 수행했으나 소포클레스는 뭐니뭐니해도 극작가였고, 또 극작가로 생애를 마감했다. 그는 평생을 유복하고 안정된 환경에서 평온하고 만족할 만한 삶을 살았으나 작품에서는 극단적 고통과 고뇌, 절망과 좌절을 겪는 지극히 비극적이고 불행한 인간들을 그리고 있으며 그 과정을 통해 절대적 운명 혹은 신의 뜻 앞에 무력하기만 한 인간의 한계를 보여준다.

극작가로서의 그는 새로운 기법을 고안 혹은 기용하여 연극사에 중대한 영향을 끼친 바 그 중 특히 종전 2명이었던 배우를 3명으로 늘린 것은 가장 획기적 변혁이라 볼 수 있다. 무대 위에서 3명의 배우가 대화하게 함으로서 그들이 서로 충돌하고, 보복하고 파멸로 치닫는 과정을 복선을 교묘하게 배치하면서 보여줌으로 보다 복잡한 상황연출을 가능하게 만들었다.

일생동안 123편의 작품을 썼으며 현존하는 작품은 『아이아스』

(*Ajax*), 『안티고네』(*Antigone*), 『엘렉트라』(*Electra*), 『오이디푸스 왕』(*Oedipus the King*), 『트라키네』(*The Trachinae*), 『필록테테스』(*Philoctetes*), 『콜로노스의 오이디푸스』(*Oedipus at Colonos*) 등 7편이다.

작품 배경

이 작품은 보통 소포클레스의 대표작으로 간주될 뿐 아니라 많은 이들에 의해서 그리스 비극의 대표작으로 간주된다. 기원전 430년경에 작품화되었으며 작품이 극화되기 약 300년 전에 호머(Homer)가 이미 노래했고, B.C. 1,000년 전 넘어서부터 에게(Aegean) 신화 역사를 형성해 온 이야기이다. 아이스킬로스와 에우리피데스도 이 이야기를 극화했으나, 내용은 조금씩 다르며* 소포클레스의 작품이 가장 확정된 이야기로 간주된다. 아리스토텔레스(Aristoteles)는 『시학』에서 11회나 이 작품을 언급하며 거의 완벽한 비극으로 평했다. 특별히 오

---

* 아이스킬로스의 『오이디푸스 왕』은 온전한 형태가 전해지지 않고 있다. 남겨진 문서의 파편들 중에서 유추한 줄거리는 다음과 같다. 라이오스는 도시를 구하려면 자식 없이 살다 죽어야 한다는 델피의 신탁을 받았다. 그러나 욕정에 못 이겨 오이디푸스를 낳고는 그를 내버리려 했다. 어떻게 살아 남은 오이디푸스는 삼거리 길목에서 부친을 죽이게 된다. 테베에 와서는 아마도 수수께끼를 맞춤으로 식인괴물 스핑크스를 퇴치하여 이오카스테와 결혼하고 존경받는 왕이 된다. 그리고 아들 둘을 낳는다. 그의 부친 살해와 모친간음죄가 들어나게 되고 (어떻게 알려졌는지는 모르나 예언자 테이레시아스가 말했을 수 있다) 고뇌 속에서 오이디푸스는 스스로 눈을 멀게 하고 근친상간으로 낳은 두 아들에게 칼로 세습 재산을 분배하게 될 것이라고 저주한다. 에우리피데스의 『오이디푸스 왕』에서는 자기 손이 아니라 라이오스의 하인들의 손으로 왕의 눈이 멀게 된다.

이디푸스(Oedipus)가 자신의 정체를 깨닫는 장면이 경탄할만하고 갑작스런 운명의 반전은 경악을 금치 못하게 하며 플롯은 가장 완벽하게 성취되고 구축되었다고 평한 바 있다. 이 작품은 원형극으로서 원시적 미개화된 환경을 배경으로 부차적 줄거리, 희극적 여흥, 코러스의 명상 등이 전혀 없어 극이 분산되지 않고 직접성, 순수성으로 인해 더 힘을 얻고 있다. 작품 이름은 『오이디푸스 렉스』(*Oedipus Rex*), 『오이디푸스 왕』(*Oedipus the King*), 혹은 『오이디푸스 티라누스』(*Oedipus Tyrannus*)로 나뉘어 불리기도 하는데 "렉스"(Rex)는 "왕"의 뜻이고 "티라누스"(Tyrannus)는 "전제군주"의 의미이므로 비슷하면서도 엄밀히 말하면 조금 다른 뉘앙스를 풍긴다. 『오이디푸스 렉스』 혹은 『오이디푸스 왕』보다 『오이디푸스 티라누스』가 보다 합당한 명칭임을 주장하는 평자들의 견해에 따르면 오이디푸스는 근대의 장자상속권 등 법적, 제도적 의미를 지닌 "왕"은 분명히 아니며 그는 단지 족장, 혹은 미개화된 사회의 우두머리에 더욱 가깝다는 것이다. 비유하자면 야수적 힘으로 우두머리의 지위를 얻고 힘을 잃을 때 그 지위에서 물러나는 이리 떼의 우두머리에 해당한다는 것이다. 극의 후반부에 오이디푸스가 패배하면서 공식적 양위의 절차가 전혀 없이 크레온(Creon)이 왕위에 오르는데 이 변화를 코러스(Chorus)가 조용히 지켜본다. 이런 모습은 위에 말한 티라누스의 의미를 상기시킨다 하겠다.

이 극의 주제는 인생에 있어서의 운명 혹은 신의 역할, 죄 혹은 무죄의 문제, 거대한 운명의 힘 앞에 무력하기만 한 인간의 무지와 나약, 죄는 반드시 갚아야 한다는 신의 법칙의 절대성 등이다. 이에 대해서는 해설에서 보다 상세히 설명될 것이다.

　부지중에 인간 본성과 자연 법칙을 가장 거스르는 두 가지 죄, 곧 부친 살해와 모친 간음죄를 범하고 그 대가로 인생의 최고 절정에서 소경 걸인으로 전락하는 이야기는 아리스토텔레스가 말한 바 비극의 조건에 가장 부합하며, 실제로 아리스토텔레스는 이 작품을 읽고 주로 이에 근거하여 비극적 주인공에 대한 정의를 세웠다고 한다. 특별히 모든 사실을 알고 난 뒤 오이디푸스가 아내이자 어머니인 이오카스테의 옷에서 브로치를 빼어 그 핀으로 가차없이 자신의 눈알을 찌름으로 검은 피가 시냇물처럼 줄줄 흘러내리는 모습을 하고 자신의 비운을 한탄, 절규하는 장면은 모든 문학 작품 가운데 가장 끔찍한 장면으로 간주된다.

　이 작품은 오이디푸스가 자신의 비극적 운명을 깨닫고 스스로 두 눈을 빼고 유랑 길에 오를 것을 비통한 마음으로 절규하는 장면으로 끝난다. 마치 실을 갑자기 끊듯이 그렇게 뚝 끊긴 그의 뒷 이야기를 소포클레스는 말년에 90세가 다 되어 다시 오이디푸스에게 돌아가 『콜로노스의 오이디푸스』 (*Oedipus at Colonus*)란 제목으로 계속해서 들려준다. 여기서는 딸 안티고네

노인이 된 눈먼 오이디푸스와 그를 인도하는 딸 안티고네

(Antigone)의 손에 이끌려 유랑하는 늙은 걸인 오이디푸스, 지난 삶을 되돌아보며 죽음을 준비하면서 비록 육신적으로는 초라하고 보잘 것 없으나 일생 함께 한 고난을 통해 승화되어 내적으로는 오히려 우뚝 선 거인 같은 그의 모습, 고난을 통해 죄를 속하고 그리하여 거룩해져 주변 나라들에게 유익을 끼치는 그의 모습을 그려 보여주며 우리에게 교훈을 들려준다.

이 작품은 그리스, 로마의 고전 작품들 중 아마도 가장 널리 알려진 작품으로서 주제가 인간의 근원적 문제를 다루고 있으므로 소포클레스 이후에도 위대한 작가들의 상상력을 자극하여 유사한 주제의 문학작품을 낳게 하는 원동력이 되었다. 유진 오닐(Eugene O'Neill)의 『느릅나무 밑의 욕망』(*Desire under the Elms*)은 그 한 예이다. 문학의 범주를 넘어서 심리학에서도 이 작품에서 이름을 딴 "오이디푸스 콤플렉스"**라는 용어가 쓰이는데 이 용어는 프로이트(Freud)가 처음 사용한 이래 오늘날까지도 심리학적 전문용어로서 널리 쓰이고 있다.

** 프로이트가 처음 사용한 용어로서 프로이트는 작품의 문학적, 시적 의미를 깊이 생각하지 않은 채 작품 제목에서 따 이 용어를 처음으로 사용했다. 그 이후 심리학적 전문용어로 쓰인다. 프로이트에 따르면 모든 남자아이는 첫 성적 충동을 어머니를 향해 느끼며, 어머니를 소유하기 위해 경쟁대상으로서의 아버지에게 첫 증오와 폭력의 충동을 느끼는데 그 증상은 개인에 따라 차이가 있다고 말한다. 곧 건전한 심리상태를 지닌 남자아이는 이를 약하게 느끼고 신경증상이 있는 아이는 이를 강하게 느끼며 꿈을 통해서 확인 할 수 있다고 말한다.

오이디푸스 왕

Oedipus the King

스핑크스의 질문을 받고 있는 오이디푸스
화병의 그림(바티칸 박물관 소장)

오이디푸스 왕

■ 등장인물

오이디푸스

크레온

테이레시아스

이오카스테

코린트의 사자

양치기

코러스

프롤로그(Prologos/Prologue)[1]

테베의 오이디푸스 왕궁 앞.
왕궁 앞에는 제우스 제단이 있고 제단 주위에 많은 시민들이 모여 신에게
탄원하고 있다. 그들은 흰옷을 입었고 손에 올리브 가지들을 들고 있다.
왕궁 문이 열리며 왕복 차림의 오이디푸스가 등장한다.

오이디푸스

옛 카드모스[2] 집안의 자손들이여, 무슨 일이냐.

왜 그대들은 월계수 가지를 머리에 얹고 탄원자의 모습으로

앉아 있느냐. 이 도시에 가득 찬 향연(香煙)은 무엇을 의미하는고?

고통을 끝내기 위한 탄원인가? 슬픔의 외침인가?

사자(使者)들로부터 사연을 듣지 않고 내가 직접 왔노라.

나 오이디푸스, 모두에게 알려진 오이디푸스가 왔노라.

여보게, 노인장, 그대는 노령이라

모두를 대신해서 말할 권리가 있으니

왜 저들이 내 제단 앞에 앉아있는지 말해보시오.

무엇이 그대들을 놀라게 했는가?

무엇이 그대들을 이곳까지 오게 했는가?

무엇이 필요하며 무엇이 부족한가?

내가 할 수 있는 일이면 무엇이든 그대들을 돕겠노라.

---

1) 현대극에서 도입부에 해당하며 관객들에게 여러 상황이 제시된다.
2) 아케노르(Agenor)의 아들로서 이 극이 진행되는 테베 도시의 창건자이다.

그대들이 여기 내 앞에 모였는데도 동정의 마음으로

맞이하지 않는다면

나는 잔인한 사람이리라.

제사장

우리의 주군이시며 왕이시여,

저는 연로한 자와 연소한 자를 대표해서 이 자리에 섰나이다.

이 곳에는 제사장들도,

테베 시에서 가장 훌륭한 젊은이들도 있지요.

저는 제우스신3)을 섬기는 사제입니다.

월계수가지를 가져온 자들은 이 밖에도 많이 있지요—

시장 안에도, 팔라스4) 쌍둥이 제단 옆에도,

이스메너스 신탁5)을 말해주는 성스런 유골 곁에도.

우리 도시가 얼마나 찢겨져 있으며, 이 도시 위에 덮치는

죽음의 파도로부터 풀려나기를 모두들 얼마나 갈구하는지

왕께서도 보고 계시지요. 도처에 죽음이 있습니다.

추수하는 곳에도, 목장을 배회하는 가축 떼에도,

산모들의 자궁 속 아직 태어나지 못한 생명들에도.

불같은 재앙이 도시를 파괴시키고, 곪게 하고,

---

3) 그리스 신화에서 최고의 신. 신들과 인간의 아버지로 간주된다. 정의의 심판자로서
종종 탄원을 받았다.

4) 팔라스(Pallas): 아테나(Athena) 여신의 명칭(원래는 이 여신이 우연히 죽인 친구의
이름이다). 아테나는 지혜의 여신이다.

5) 이스메너스(Ismenus) 신탁: 테베 근교에 있는 이스메너스 강 가까이 위치한 아폴로
신전을 가리킨다.

해독을 퍼트리고, 카드모스 가문을 쇠약하게 만들며
고통과 두려움의 비명으로 황천을 가득 채우고 있습니다.
이러한 사유로 이 아이들과 제가 당신께 온 것입니다.
아니, 저희는 당신을 신으로 생각하지는 않습니다.
저희들은 인생의 문제와 신들이 인간에게 나누어준 시련을
맞서 이길 수 있도록 따로 세워주신 특별하신 분으로
당신을 생각합니다. 전에 테베 시에 오셔서
당시 저희들의 삶을 마비시킨 마력으로부터
저희를 해방시켜 주신 분은 당신이었습니다.
당신께서 이런 일을 하셨지요.
그럼에도 이 도시에 대해
저희보다 더 많이 알고 계신 것이 없으셨고
차라리 저희보다 적게 알고 계셨지요.
당신께서는 저희에게서 아무런 도움도 받지 않으셨습니다.
신이 당신을 도와주신 겁니다. 맞아요.
당신께서 저희의 삶을 회복시켜 주셨어요.
이제 저희들은, 오이디푸스 왕이시여,
두 번째 당신께 도움을 청하기 위해 왔습니다.
신이나 혹은 사람의 도움으로 길을 인도 받아
저희에게 구원의 길을 찾아 주십시오.
당신께서는 그 때 저희를 도와주셨습니다.
맞아요. 지금도 저희를 도와주실 것을 믿고 있습니다.

오, 왕이시여, 저희 도시를 소생시켜 주셔요.

그 생명을 회복시켜 주셔요. 당신의 명성을,

당신 자신의 평판을 생각해 보세요.

당신께서 지난 날 절망으로부터 저희를 구해주신 것을

시민들은 알고 있습니다.

저희들을 끌어올려 놓고는 다시 떨어지게 만들었다고

아무도 말하지 못하게 해 주셔요. 저희들을 구해주셨으니

안전하게 보호해주셔요.

당신께서는 한 때 도움의 징조들을 찾아내었고

그래서 저희들에게도 행운을 갖다주신 것이지요.

당신께서 이 땅을 왕으로서, 군주로서 다스리시려면

텅 빈 적막으로 둘러싸인 벽이 아니라 사람들을 다스리셔야지요.

어떤 성벽도, 어떤 선박도 생명을 부여해주는 사람을

벗겨내어 버리면 무슨 힘이 있겠나이까?

오이디푸스

나의 자녀들이여,

그대들이 받는 고통이 무엇이며

이 곳에 왜 왔는지를 나는 잘 아노라.

그대들도 괴롭겠지만 그대들 중 어느 누구도

나만큼 괴롭지는 않을 것이다. 그대들 각자는 혼자서만 고뇌하나

내 심장은 모든 이—나 자신과 그대들과 우리 도시의

모든 시민들—를 위한 슬픔의 부담까지도 떠맡고 있노라.

아니, 그런 것에 내가 눈멀지는 않았었다. 나는 울었고,

울면서 해답을 찾아 무수한 길을 생각 속에 더듬었었지.

내 처남이며 메노세우스의 아들인 크레온을

아폴로의 피티언 신전6)에 보낸 것도

우리 도시의 고통을 풀기 위해서 무엇을 해야하는지

알기 위해서였어. 그가 아직 도착하지 않아 걱정이 된다.

이미 여러 날 전에 떠났으니 말일세.

하지만 난 약속한다.

그가 언제 돌아오건, 무슨 소식을 가져오건,

신이 어떠한 길을 보여주건 간에

나는 바로 그 길을 택할 것임을.

제사장

좋은 말씀을 하셨습니다. 보셔요,

크레온이 돌아왔다는 신호가 오고 있습니다.

오이디푸스

아, 신이시여!

미소짓는 그의 얼굴처럼 기쁜 소식을 가져왔으면 좋으련만!

제사장

그런 것 같은데요. 머리에 월계관을 쓴걸 보니.

---

6) 아폴로는 빛, 예언, 역병과 치료, 정화, 정의의 신이다. 제우스(Zeus)와 레토(Leto)의
아들로서 아르테미스(Artemis)와 오누이 간이다. '피티언'(Pyhian)은 아폴로를 설명하
는 말로서 또한 델피(Delphi)의 신전, 신탁 등을 묘사하기도 한다. 피티언이란 말은
아폴로가 그의 가장 성스러운 성소인 델피를 장악하기 위해 괴물 퓌톤(Python)을 죽
였다는 신념에서 유래되었다.

오이디푸스

이제 곧 알게 될게요.

자 크레온, 신에게서 무슨 소식을 가져오셨소?

크레온 등장.

크레온

기쁜 소식입니다.

모든 일이 잘 된다면 우리의 근심은 사라질 것입니다.

오이디푸스

대체 신탁이 무엇이라 했소?

지금 이 순간 내 마음은 희망과 두려움 사이에서 떨리고 있소.

크레온

이 모인 사람들 앞에서 듣고 싶으시다면 말씀드리겠습니다.

그렇지 않으시다면 안으로 들어가시지요.

오이디푸스

모든 사람들 앞에서 말하시오.

내가 슬퍼하는 것은 나 자신 때문이라기보다 그들을 위해서이니까.

크레온

그러시다면 아폴로 신이 답변한 것을 정확하게 아뢰겠습니다.

"불결"이라고 신께서 말씀하셨습니다.

우리 땅 안에 숨겨진 상처가 곪고 있는데

바로 그 불결함 때문에 재앙이 닥쳤다는 겁니다.

너무 늦기 전에

그것이 자라나는 것을 막아야 한다고 말씀하셨습니다.

오이디푸스

불결이라니? 우리가 어떻게 우리 스스로를 깨끗하게 할 수 있단 말인가?

크레온

피는 피로 갚아야 합니다.

우리 스스로가 살기 위해서는 한 사람을 추방하거나

피 흘린 죄를 피 흘림으로 갚아 주어야 합니다.

이러한 절망 상태에 이르게 된 것은 살인 때문입니다.

오이디푸스

살인이라고?

누구를 죽인 것을 말함인가?

누구를 죽인 살인이라고 신이 말씀하셨나?

크레온

나의 주군이시여,

당신께서 이 도시를 다스리기 전 왕이 계셨습니다.

이름이 라이오스였지요.

오이디푸스

알고 있소. 비록 한 번도 그를 보지는 못했지만.

크레온

그 분은 피살되셨습니다.

신의 명령은 분명합니다.

우리가 그 살인자를 찾아내어 그를 죽여야 한다는 것입니다.

오이디푸스

하지만 어디서? 어디서 그를 찾을 수 있단 말인가?

그렇게 오래 전에 저질러진 죄의 흔적을

어떻게 추적할 수 있겠는가?

크레온

그 살인자는 우리 가운데 살고 있답니다. 찾으면 나올 겁니다.

찾지 않으면 못 찾는 겁니다.

오이디푸스

라이오스가 죽음을 당한 것은 대체 어디서였소?

집에서요, 들판에서요, 아니면 이국 땅에서요?

크레온

어느 날 그 분은 델피에 가겠노라며 길을 나서셨습니다.

그것이 저희가 그 분을 뵌 마지막 모습입니다.

오이디푸스

그리고는 무슨 일이 일어났는지를 말해 줄 수 있는 이가 하나도

없단 말이오? 그 분과 함께 여행한 자가 아무도 없었소?

아무도 본 사람이 없었단 말이오? 증거가 아무 것도 없소?

크레온

모두 다 죽었습니다.

모두—그 상황을 보고 공포에 질려 도망쳐 나와

저희들에게 한 가지 밖에 말해주지 못하는

단 한 사람을 제외하고는 말입니다.

오이디푸스

한 가지를 제외하고는 이라고요?

그것이 무엇이란 말이오?

단서 하나가 많은 단서를 가져다 줄 수도 있지요.

아무리 작은 희망의 조각이라도 우리는 잡아야 하오.

크레온

그 자는 강도들이—많은 강도들이—라이오스 왕과

그의 부하들을 습격하여 그들을 모두 살해했다고 말했습니다.

오이디푸스

강도들이라고? 대체 누가 살인을 저질렀단 말이오?

무슨 이유로? 돈으로 매수되어 살해하기라도 했다면 모를까.

크레온

저희들도 그 점을 생각했습니다만,

왕은 이미 서거하셨고,

저희는 당시 무서운 재난으로 고통을 받고 있었기에

아무도 왕의 피살을 복수하겠노라고 나서는 이가 없었습니다.

오이디푸스

재난이라고?

대체 무슨 재난이 있었기에

왕의 피살을 조사하지도 못했단 말이오?

크레온

스핑크스7)지요.

스핑크스가 수수께끼로 저희를 괴롭혀서

---

7) 머리는 여자, 몸은 사자, 그리고 새의 날개를 가진 그리스 신화 속의 괴물. 테베의
시민들에게 "아침에는 네 발, 낮에는 두 발, 밤에는 세 발로 걷는 것이 무엇이냐?"
는 수수께끼를 내어 맞추지 못하면 삼켜버리곤 했는데 오이디푸스가 "사람"이라고
정답을 맞추자 벼랑에서 스스로 몸을 던져 죽었다고 한다.

미지의 살해자 찾는 일을 그만두고

당장 눈앞의 문제에 관심을 가지지 않을 수 없게끔 만들었지요.

오이디푸스

그렇다면 내가—내가 다시 시작하리다.

진실이 밝혀지기까지 멈추지 않을 것이오.

아폴로 신과 당신들이

내가 고인에게 진 빚을, 책무를 알려주었소.

고맙소. 굳건한 협력자가 되어

함께 우리의 땅과 우리의 신을 위한 복수를 감행할 것이오.

더럽혀진 부분을 깨끗하게 만들 때까지는 쉬지 않을 것이오.

다른 이들을 위해서 일 뿐 아니라 바로 나 자신을 위해서 말이오.

암살자가 누구건 간에 그는 내게도 등을 돌린 셈이오.

그렇소. 난 라이오스 왕과 나 자신을 위해 일하겠소.

자 이제 가시오.

나의 자녀들이여.

내 제단의 계단을 떠나시오. 가시오.

월계수 가지를 머리에서 떼어버리시오.

카드모스가의 사람들에게 가시오.

그들을 불러내어 그들의 왕인 내가

모든 것을 남김없이 다 시행하겠노라 전하시오.

신이 도우시면 성공할 것이고

그렇지 않으면 우리는 함께 망할 것이오.

오이디푸스 퇴장.

제사장

　자 여러분, 우리는 알고 싶은 것을 드디어 알아내었소.

　아폴로 신이시여, 오소서.

　이 신탁을 보내주신 당신께서 직접 오소서.

　우리의 구원자로 오소서.

　와서 이 재난으로부터 우리를 구해주소서.

파로도스(Parodos)8)

테베의 원로들로 된 코러스9) 등장.

스트로피 Ⅰ10)

　예언의 신 제우스여. 당신의 예언이

---

8) 약 15명의 코러스가 등장하여 첫 번째 합창이 진행된다.
9) 그리스 고전극에서는 12-15명의 가면을 쓴 공연자들이 춤추며 노래하면서 전통적
　지혜의 관점에서 사건을 풀이하거나 혹은 극의 행동에 대한 논평을 했다. 이는 고대
　그리스의 종교 축제에서 합창으로 부른 서정 운문에서 유래한 것으로 보인다. 이 작
　품에서는 코러스가 테베 시의 원로들로 구성되어 있다.
10) 고대 그리스 극에서 합창 무용단이 오른쪽에서 왼쪽으로 이동하며 부르는 합창가
　를 말함.

아폴로의 번쩍이는 신전으로부터 영광스런 우리 테베 시에 올 때

그 음성이 얼마나 달콤한지요.

그러나 나는 그 예언의 말에 두려워하며 떱니다.

오, 델로스의11) 신 아폴로여! 들어주소서.

당신은 무엇을 가져오시렵니까? 미지의 재난인가요,

혹은 영원히 되풀이되는 계절처럼 우리에게 낯익은 재난인가요?

오, 신탁이여, 말해주소서.

축복의 희망을 지닌 하늘의 딸이여.

안티스트로피 I 12)

무엇보다도 나는 제우스의 딸,

가장 숭고한 여신 아테나13)를 부릅니다.

그리고 아름다운 명성을 지닌

둥근 그녀의 신전으로부터 세계를, 이 땅을 보호해주는

아르테미스 여신을14) 부릅니다.

그리고 어김없이 맞추는

---

11) 아폴로 신은 전통적으로 델로스(Delos) 섬에서 태어났다고 전해진다.
12) 고대 그리스 극에서 합창 무용수들이 왼쪽에서 오른쪽으로 움직이면서 부르는 합창가. 보통 스트로피에 답하는 시귀로 이루어져 있다.
13) 지혜의 여신.
14) 아폴로의 누이동생. 달의 여신.

활의 왕이신 태양의 신 아폴로를 부릅니다.

와서 나를 도우소서, 재앙을 막는 이들이여!
와서 나를 도우소서, 이제껏 한 번이라도 왔었다면!
와서 나를 도우소서, 우리의 땅 위에 떨어진
파멸의 불덩어리를 껐을 때처럼!
내 기도 소리를 들으시고 나를 도우소서!

스트로피 2

내 고통은 끝 없고 내 슬픔은 끝 없네.
질병이 이 땅을 뒤덮고
재해가 가차없이 닥치네.
땅이 황무하여 열매가 없고
더 이상 새 생명이 태어나지 못하네.
우리 모두 고뇌가운데 허덕이며
암흑 속으로, 죽음 속으로 날개를 퍼덕이며 나가네.

안티스트로피 2

이 땅 위에 죽은 자 셀 수 없고
어린아이의 시체들이 들판을 덮네.

명대로 살지 못하고 어린이들 죽어가도
누구도 그 애들을 불쌍하다고 생각지 않네.
죽음과 질병의 악취는 퍼져만 가네.

우리의 아낙네들 신음하며 울부짖고
우리의 어머니들 신음하며 울부짖네.
이 쪽, 저 쪽 제단으로 향하는 행렬들,
공중으로 울려 퍼지는 어찌할 바 모르는 비명의 소리들,
들으소서! 제우스의 황금 빛 딸이여,
들으소서! 우리에게 구원을 보내주소서!

스트로피 3

전쟁의 신이 우리 한가운데 날뛰며
손에 든 질병의 횃불을 휘두르고 있네.
날뛰며 소멸시키며 죽음의 비명을 일으키고 있네.
우리를 들으소서, 오 여신이여!
우리를 도우소서, 그의 분노를 가라앉히소서!
그의 공격을 거둬들이소서!
우리를 도우소서, 그를 우리 땅에서 추방시켜 주소서!
그를 파도 씻겨간 트라스[15] 변방까지

---

15) 전쟁의 신이 자주 다니는 마케도니아의 동쪽 지역.

성난 바다 속으로 몰아넣으소서!

오늘 밤 그를 피한 자들이라도
새벽녘이면 쓰러져 버릴 거예요.
우리를 도우소서, 제우스 아버지여!
천둥번개의 신이시여!
그를 짓밟고 그를 파멸시키소서.
번갯불로 그를 태워주소서!

안티스트로피 3

우리를 도우소서!
당신의 황금 활을 가지고 우리 옆에 서 계시소서!
아르테미스여 우리를 도우소서!
리시안16) 언덕으로부터 오소서!
활활 타고 있는 횃불을 들고 오소서!
디오니소스17)여, 우리의 보호자여, 와서 우리를 도우소서.
즐겁게 떠드는 무리들과 함께 오소서!
당신의 횃불로 신들에게서 미움받는

---

16) 아폴로와 아르테미스가 자주 갔던 곳으로서 소아시아 남쪽 해안 지역, 리키아
(Lycia)를 가리킨다.
17) 테베 시의 창건자인 카드모스의 딸, 세멜레(Semele)와 제우스 사이에서 난 아들.
그러므로 테베 시와 연관이 깊다. 풍요의 신.

전쟁의 신을 태워버리소서!

첫 번째 에피소드18)

오이디푸스 등장.

오이디푸스

그대들의 기도를 들었노라. 이제 그대들이 내 말에 주의하고

도시의 병든 부분을 치료하려 든다면

그대들은 안도의 숨을 쉴 것이고 도움을 받을 것이다.

살해행위를 전혀 모르는 사람으로서,

그 이야기를 전혀 듣지 못한 사람으로서 내가 말하노라.

살인사건을 전혀 모르는 내가 아무런 단서도 없이

홀로 이 사건을 추적할 수 없는 것이다.

테베 시에 그대들보다 더 늦게 온 시민으로서 내가 포고하노라.

만일 너희들 중 어느 누가 랍다커스19)의 아들인 라이오스 왕을

죽인 살인자를 안다면 당장 나에게 알려다오.

---

18) 에피소드(Episode)는 현대극의 막(幕)에 해당한다.
19) 카드모스의 손자.

그가 생명을 잃을까 두려워한다면 고백만 하라고 하라.

그러면 경한 벌만을 받을 것이다.

살해자가 외국인이라는 것을 안다 할지라도

입을 다물고 있지 말도록 하라. 보상이 따를 것이다.

그러나 만일 두려움 때문에 자신이나 다른 누군가를

보호하기 위하여 입을 다문다면 지금부터 내가 하는 말을 듣거라.

그가 누구이든 이 살해자가

그대들의 가정 안에 들어가지 못하게 하라.

내가 다스리는 지역에 사는 누구든 그 살해자를 집에 들이지 말며

그에게 말을 걸지도 말며 함께 기도하거나 희생을 드리지도 말며

혹은 정결케 되는 거룩한 의식을 드리지 말아라.

이 끔찍한 저주를 그대들의 집 안에서 쫓아낼 것을 명한다.

아폴로 신의 뜻에 따를 것을 명한다.

나는 신을 섬기고 죽은 자의 뜻을 섬기겠다.

살인자 혹은 살인자들에게 내가 가장 무서운 저주를 내리노니

이 악한 행위로 인해 그들은 수치의 낙인을 영원히 지니고 살 것
이다.

만일 알면서도 내가 그들의 죄를 내 집 울타리 안에 숨겨둔다면

그들에게 내린 저주를 내가 받겠노라.

그대들이 이 명령을 이행하는 것은

나를 위해서, 신을 위해서, 그리고 멸망을 향해 비틀거리며 가는

이 도시 전체를 위해서인 것이다.

비록 하늘이 내게 표지를 주지는 않았으나

이 살인행위를 조사하여 복수할 신성한 의무가

그대들에게는 있는 것이다.

고귀한 분, 바로 그대들의 왕의 살해가 아니었던가?

그 분이 한 때 지녔던 그 권력을, 그의 침상과 그의 아내를,

내가 지니고 있는데—운명이 막지 않았더라면

그의 자녀들은 우리의 관계를 더 가깝게 만들었을 것이다.

그러므로 나는 내 자신의 부친의 원수를 갚듯이

그의 원수를 갚을 것이다.

랍다커스의 아들이며 카스모스와 아케노르[20] 집안의 후계자인

라이오스의 살해자를 찾아내기 위해 모든 방법을 다 동원하겠다.

내 명에 복종치 않는 자에게 나는 다음과 같은 저주를 선포한다.

신들이 그들의 추수에,

여인들에게 황무와 불임을 가져다 줄 것이다.

더 나쁜 것은 그들이 악몽에 시달리고

죽음과 함께 맞는 평안조차 누리지 못할 것이다.

그러나 내 말에 동조하는 내 백성들에게는 정의와

모든 신들이 영원히 함께 하기를 기원하겠다.

코러스 리더

왕께서 맹세하라고 하셨으므로,

맹세하며 이 말씀을 아룁니다.

저는 왕을 죽이지 않았고 누가 죽였는지 그 이름도 모릅니다.

---

20) 카드모스의 아버지.

그 질문을 아폴로 신이 던졌으니

아폴로 신은 왕께서 찾는 자의 이름을 아실 겁니다.

오이디푸스

　나도 안다.

　그러나 어떤 인간도 신에게 말하도록 강요할 수는 없는 것이다.

코러스 리더

　차선책이 제 생각에는……

오이디푸스

　말하라. 그대의 모든 생각을 말하라. 무엇이든 고려해야겠다.

코러스 리더

　진실을 볼 수 있고

　틀림없이 살인자 찾는 일에 도움을 줄,

　아폴로 신에 버금가는 테이레시아스라는 분이 있습니다.

오이디푸스

　나도 그 생각을 했다.

　크레온의 충고를 따라 그를 이미 부르러 보냈다.

　두 번씩이나. 곧 이곳에 올 것이다.

코러스 리더

　이제는 그쳤습니다만 한 때 소문이 돌기도 했습니다.

오이디푸스

　소문이라고? 떠도는 이야기든 무엇이든 듣고 싶다.

코러스 리더

　여행자들이 라이오스 왕을 죽였다는 소문이었습니다.

오이디푸스

나 역시 그 소문을 듣기는 했다.

허나 당시 살해자를 본 사람을 찾을 수가 없다.

코러스 리더

살인자가 왕께서 내린 저주를 듣는다면,

그리고 두려움을 아는 자라면 스스로 나타날 겁니다.

오이디푸스

어째서?

살인을 두려워할 줄 몰랐던 자가

어찌 이제 와서 사람의 말을 두려워하겠는가?

코러스 리더

그 자를 지목해 낼 수 있는 분이 한 분 있습니다.

진실이 내재해있고 신의 감동을 받은 예언자지요.

저기 그 분이 사람들의 손에 이끌려 오고 있습니다.

> 테이레시아스, 하인에게 이끌려 등장.

오이디푸스

테이레시아스여,

모든 것─하늘과 땅의 비밀도 성스런 것과 속된 것도

당신은 모두 알고 있소.

비록 눈은 멀었으나 당신은 분명

우리의 도시를 강타한 역경을 보고 있을 것이오.

친애하는 테이레시아스여,

유일한 희망으로 우리는 당신을 바라보고 있소.

나의 사자들이 이미 말했는지 모르나

아폴로 신에게 사람을 보내어 해답을 받았소.

이제 우리는 라이오스 왕의 살해자를

찾아내어 처단하던가 추방시켜야 하오.

그래야만 고통에서 놓임 받을 수 있다는 거요.

그대가 지닌 예언 능력을 아낌없이 발휘해주기 바라오.

예언하는 새들의 목소리나 불꽃 속에 쓰여진 대답에 유의하여

우리 모두—당신 자신, 당신의 도시, 당신의 왕—를 구해주오.

모두 당신을 바라보고 있소. 재능을 최대한 발휘하여

동료를 도울 수 있다면 인간으로서 가장 고귀한 일이 아니겠소.

테이레시아스

오 신이시여! 지혜란 얼마나 무서운 것인가요?

현자를 돕지 못할 때 지혜란 얼마나 무서운 것이 되나요?

어떻게 내가 잊어버렸단 말인가?

이 곳에 오지 말았어야 했는데.

오이디푸스

왜 무엇이 문제란 말이요?

테이레시아스

저를 가도록 내버려두십시오.

폐하께서는 폐하의 고통을,

저는 제 고민을 안고 사는 것이 더 나을 것 같습니다.

그렇게 하는 쪽이 더 낫겠습니다.

오이디푸스

이 도시가 그대에게 생명을 주었는데

그대는 도시를 살릴 해답 주기를 거부하는 건가!

마치 원수처럼 말하는구나.

테이레시아스

아닙니다, 아닙니다!

폐하께서 하시는 말씀에

위험이 내포되어 있는 것을 보기 때문이지요.

제가 말하면 위험이 더 가중되니까요.

오이디푸스

제발, 알고 있다면 우리에게 등을 돌리지 마오.

탄원하오. 애걸하고 있소.

테이레시아스

폐하께서는 안 보이시는 겁니다.

저는 제 비밀을 말씀드리지 않을 거예요.

폐하의 비밀도 폭로하지 않을 겁니다.

오이디푸스

뭐라고?

알고 있는데도 말하기를 거부하는 것인가?

우리를 배반하고 우리 도시가 힘없이 멸망하는 것을

그대로 지켜보겠다는 것인가!

테이레시아스

폐하께 더 큰 슬픔을 드리고 싶지 않습니다.

저 자신을 괴롭히고 싶지도 않습니다.

저에게 말씀하지 말아주십시오. 아무 것도 말씀드릴 수 없습니다.

오이디푸스

말하지 않겠다고? 이 괴물 같은 인간!

땅바닥에 굴러다니는 돌덩이도 네 말을 들으면

분노로 이글이글 타오르겠다! 절대 말하지 않으려느냐?

매운 맛을 보고 싶은가?

테이레시아스

폐하 자신을 아십시오. 폐하께서는 저를 비난하지만

스스로를 모르고 계십니다.

오이디푸스

너다! 이 도시를 부끄럽게 만들고 있는 게 바로 너였구나.

그러면서 내게 분노를 가라앉히라고 해?

테이레시아스

중요한 것은 제 말이 아닙니다. 미래는 이미 정해졌으니까요.

오이디푸스

그렇다면 예언자인 네가 그것을 우리에게 말해야 할 것이 아닌가?

테이레시아스

더 이상 말하지 못하겠습니다. 마음껏 화내십시오.

오이디푸스

분을 못 참겠구나.

이제 내가 생각한 것을 말해주마. 너의 소행이었어.

그 범죄를 꾸미고 살해가 행해지는 것을 본 것은 바로 너였어.

직접 죽이지만 않았을 따름이지.

만일 네 놈이 눈이 성했다면 죽이기도 했을 것이다.

테이레시아스

말씀하신 그대로를 믿으시는 겁니까?

그렇다면 폐하 자신의 포고령을 받아들여

오늘부터 누구에게도 말을 걸지 마십시오.

오이디푸스 당신이 이 땅을 더럽힌 신성모독자이니까요

오이디푸스

이 반역자 같으니! 이런 짓을 저지르고도 무사할 것 같으냐?

테이레시아스

진실이 저의 방패입니다.

오이디푸스

누가 가르쳐주었느냐? 예언이 말해준 것은 아니다.

테이레시아스

당신이 가르쳐주셨지요.

당신께서 나를 몰아붙여 하고 싶지 않은 말을

억지로 하도록 만드신 거예요.

오이디푸스

다시 말해봐라. 알아들은 표시를 보여 줄 테니.

테이레시아스

제 말을 알아듣다니요? 일부러 제 화를 돋구시렵니까?

오이디푸스

아니다. 다만 확실한 것을 알고 싶다. 다시 말해봐라.

테이레시아스

　다시 말씀드리지만,

　오이디푸스,

　당신께서 지금 찾고 있는 바로 그 살인자입니다.

오이디푸스

　그래! 두 번씩이나 말했겠다!

　네가 말한 것을 두 번 후회하게 될 것이다.

테이레시아스

　더 말씀드릴까요? 분노의 불길에 부채질을 해 드릴까요?

오이디푸스

　좋다. 더 말하거라.

　하고 싶은 말을 다 해라. 모든 것이 헛수고가 될 것이다.

테이레시아스

　당신은 자신의 재난을 모른 채

　사랑하는 여인과 수치 가운데 살고 있습니다.

오이디푸스

　이런 식으로 언제까지 말할 수 있다고 생각하나?

테이레시아스

　말할 수 있지요. 진실이 힘만 있다면.

오이디푸스

　진실은 힘이 있지.

　너만 제외하고 모든 사람에 대해서.

　이 병신 같은 놈 같으니라고!

네 놈은 귀가 먹었고 눈이 멀었고 네 놈의 정신도―정신도 불구야!

테이레시아스

어리석은 분이여,

지금은 저를 비방하시지만 언젠가는

당신께서 같은 말을 듣게 되실 겁니다.

오이디푸스

테이레시아스,

너는 밤 가운데, 영원히 날이 밝지 않는 밤 가운데 살고 있어.

너는 나를― 또 빛을 보는 어떤 사람도 해칠 수 없어.

테이레시아스

아닙니다.

폐하를 몰락하게 하는 자는 제가 아닙니다.

그것은 바로 아폴로 신의 임무지요.

아폴로 신은 그 일을 그대로 이행할 것입니다.

오이디푸스

너의 장난이었나―아니면 크레온의 장난이었나

테이레시아스

크레온의 장난이 아니예요. 아닙니다.

폐하는 스스로를 망치고 계십니다.

오이디푸스

아, 인생투쟁에 있어 부와 권력,

그리고 뛰어난 재주가 있는 사람에게는 항상 시기가

따르기 마련이로구나.

이 도시가 나에게 권력을 주었다. 내가 요구한 것이 아니었어.

그런데 내 친구 중 가장 신임하는 친구인 크레온이 나를

넘어뜨리려 음모를 꾀하다니—

마술을 값싸게 팔아 넘기는 이 협잡꾼, 사기꾼과 짜고서!

이익에는 눈이 크게 열렸지만

예언에는 눈이 멀었구나.

말해 보아라, 테이레시아스여.

네가 예언자라는 증거가 무엇이냐?

괴물이 나타나 마력으로 우리를 비웃을 때 너는 어디에 있었는가?

이 테베 시가 무슨 위로의 말을 너에게서 들었는가?

스핑크스 괴물의 수수께끼는

단순한 사람의 지혜로는 풀 수 없는 것이었어.

그것은 선견자의 지혜를 요구했지. 그러나 시험에 부딪치자

네가 가진 예언의 새와 신통력은 쓸모 없는 것이 증명되었어.

너는 해답을 못 얻었던 것이야.

그 때 내가 나타났지.

아무것도 모르는 오이디푸스,

내가 와서 단지 기지로 괴물을 눌러버렸어.

이러이러하게 말하라고 일러주는 예언의 새 같은 것은 없었단

말이다.

크레온의 왕좌 곁에 서기 위해 너는 나를 넘어뜨리려 했어.

너희들—너와 너의 음모자들은 후회할 것이야.

이 땅을 정화시키려는 시도를 후회하게 될 것이야.

네가 늙은이만 아니라면

너의 무엄함에 걸맞는 벌을 받게 해주었을 것이다.

코러스 리더

두 분 모두 무서운 격노 가운데 말씀하고 계십니다.

더 이상 말씀하지 마세요.

지금은 신의 명령을 복종하기 위해

우리 모두 생각을 집중해야 할 때입니다.

테이레시아스

비록 폐하가 왕이시긴 하나 말할 권리는

폐하에게만 있는 것이 아닙니다.

저에게도 말할 권한이 있고 그러니 그 권한을 행사하겠습니다.

저는 폐하의 종이 아니고 크레온이 제 후원자도 아닙니다.

저는 오직 록시안21) 만을 섬길 뿐입니다.

폐하가 제 눈 먼 것을 비웃으시므로 이 말씀을 드립니다.

폐하는 지금 눈이 성하시지만

자신의 파멸을 보지 못하고 계십니다.

폐하는 눈이 성하시지만

누구와 함께 살고 계신지 보지 못하고 계십니다.

폐하가 누구 아들인지 아십니까?

폐하는 죄를 지었으나 그것을 모르고 계십니다.

---

21) 록시안(Loxian): 아폴로의 별칭. 아폴로의 신탁의 성격과 관련하여 "애매하다"의
   의미로 설명되어져 왔다.

폐하는 폐하의 혈육에 대해—산 자와 죽은 자 둘 다에 대해—

죄를 지은 분입니다.

이중의 응징이,

어머니와 아버지의 저주가 함께

당신을 이 땅에서 몰아낼 것입니다.

그 때에는 지금 빛을 보는 그 두 눈에 어둠이 덮일 것입니다.

폐하가 안식처로 잘못 생각한 이 곳에 폐하를 안내해준

그 결혼행진곡의 의미를 발견하고

슬피 우는 폐하의 울부짖음으로 키타이론22) 산이,

대지 전체가 울릴 것입니다. 그보다 더 한 슬픔이,

폐하가 아시지 못하는 더 많은 슬픔이 폐하가 누구이며

폐하의 자녀들이 누구인가를 알게 할 것입니다.

저주하시려거든 크레온을 저주하십시오.

제가 한 말도 저주하십시오.

폐하를 기다리는 운명을 알 자는 이 지상 위에 없을 것입니다.

오이디푸스

내가 얼마나 참아야 된단 말이냐?

떠나거라.

지금 당장 내 집을 떠나!

테이레시아스

폐하께서 부르러 보내지 않았다면

---

22) 키타이론(Cithaeron) 산: 아티카(Attica)와 보이오티아(Boeotia)의 경계에 있는 테베
남서쪽의 산맥.

이 곳에 오지도 않았을 것입니다.

오이디푸스

　미친 소리를 들을 줄 알았던들

　너를 부르러 보내지 않았을 것이다.

테이레시아스

　폐하에게는 내가 미친 놈일 것입니다.

　그러나 폐하의 양친에게는 미친 놈이 아닐 겁니다.

오이디푸스

　잠깐! 내 양친이라고? 내 양친이 대체 누구냐?

테이레시아스

　오늘 폐하는 탄생과 죽음을 함께 겪게 될 것입니다.

오이디푸스

　왜 수수께끼 같은 말만 계속하는 거냐?

테이레시아스

　수수께끼라면 폐하가 일인자가 아니던가요?

오이디푸스

　나를 위대하게 만들어준 그 재능을 비웃고 있구나.

테이레시아스

　엄청난 불운이지요. 폐하는 그 불운으로 망하게 될 겁니다.

오이디푸스

　난 개의치 않는다. 이 나라만 구할 수 있다면 상관없다.

테이레시아스

　그러면 저는 가겠습니다.

　　　　　　　　　　　　　　　　　　　그의 하인에게.

자, 집으로 데려다 다오.

오이디푸스

그래 가거라. 가도 찾지 않을 것이다.

테이레시아스

말할 것을 다 말한 후 떠나겠습니다.

저는 폐하가 두렵지 않습니다. 폐하는 저를 해칠 수 없습니다.

폐하가 찾는 자—사형이나 추방을 당할 자—

라이오스 왕을 죽인 자는 지금 여기 있습니다.

이방인으로 행세하면서 우리와 함께 거하는 자이고

얼마 안 있어 여기 있는 모두에게

그가 바로 테베 태생이란 사실이 알려질 것입니다.

그러나 그 사실이 그에게는 조금도 기쁨이 되지 못할 것입니다.

그의 눈은 지금은 성하지만 곧 안 보이게 될 것이고

지금은 부유하나 곧 거지가 될 것입니다.

지금은 왕 홀을 쥐었으나

곧 지팡이를 잡고 이국 땅에서 발 아래 땅을 더듬게 될 것입니다.

그가 사랑하는 자녀에게 형제이자 아버지가 되고

그를 낳은 여인에게는 아들이자 남편이 된 자요,

아버지의 침상의 후계자이며 동시에 그것을 더럽힌 자이고

또한 그의 생명을 앗은 자이기도 합니다.

자, 이 사실을 생각해보시지요.

제가 한 말이 거짓말인 것을 발견하거든

그 때 저를 소경이라 부르십시오.

오이디푸스, 테이레시아스 퇴장.

스트로피 1

그가 누구일까? 그 사람이 누구일까?
델피 신탁의 목소리가 살인자, 살해자로 고발한
무서운 범죄를 저지른 그 사람은 누구인가?
그는 어디 있나? 지금 그는 어디에 있나?
달려가게 해라. 도망가게 해라!
도망할 때 바람처럼 빠르게 돌진하게 해라.
왜냐하면 불과 번개로 신이 그를 공격할 것이고
운명은 가차없이 그를 쫓아 괴롭혀 멸망으로 이끌 테니까.

안티스트로피 1

그대는 듣는가? 신의 명령을 그대는 듣는가?
파르나소스 산23) 꼭대기에서 신이 수색을 명하셨던
살인자는 숨어봐도 소용이 없고
달려보아도 소용이 없을 터.
황량한 산을 배회하는 동물처럼

---

23) 그리스 중앙에 있는 아폴로에게 바쳐진 산. 그 기슭에 델피가 자리하고 있다.

숲 속이나 동굴 속에 잠복하지만 모두 헛일이 될 것이다.
세상 끝까지 도망해도 신의 명령이 바로 등 뒤에서
그를 기다릴 것이다.

혼란과 두려움이
예언자의 말로 인해 퍼졌네.
확신할 수는 없으나 그가 한 말을
반박할 수 없네. 어찌 할 바 모르겠네. 어찌 할 바 모르겠어.
무엇을 대체 믿어야 할까?
예감이 내 가슴을 사로잡고 있네.
라이오스와 폴리보스 가문 간에 다툼이 있었던가?
확인할 수 있나? 증거를 댈 수 있나?
우리 왕의 이름이 미지의 살인 행위로 더럽혀졌음을
믿을 수 있겠는가?

인간의 일을 예견할 수 있고 알고 있는 자는
제우스 신과 아폴로 신이지.
선견자와 나
우리는 인간일 뿐이고 그러니 앞을 못 보네.
누가 옳은가? 누가 판단할 수 있을까?
우리는 유한한 인간들, 그러므로 우리의 지혜는 한정된 지혜.
선견자가 알까? 내가 알까?

아니야, 선견자의 고발이 마음에 입증 될 때까지
나는 그 고발을 믿지 않으려네.
왕이 스핑크스와의 대결에서
지혜 있음과 훌륭함을 증명하고
이 도시를 멸망으로부터 구한 것을
나는 보았으므로.
아니! 결코 나는 왕을 비난하지 않으리!

두 번째 에피소드

크레온 등장.

크레온

친애하는 시민 여러분,
왕께서 내게 퍼부은 비난의 소리를 듣고 화가 나
견딜 수 없어 왔습니다. 그대로 참고 있지는 않겠소이다.
이 고통의 와중에서 내가
어떤 식으로든 폐하를 해치려는 마음을 품었다고
폐하가 생각한다면, 그러한 비난의 낙인이 찍힌 채

여생을 보내지는 않겠소.

그런 중상모략이 무엇을 암시하는지 폐하가 모르신다는 거요?

여러분에게, 내 친구들에게,

이 도시에 대해 나는 반역자가 되는 겁니다.

코러스 리더

왕께서는 홧김에 생각 없이 말씀하신 겁니다.

크레온

그렇다고 치고,

예언자가 내 지시에 따라 거짓말을 했다고 말한 사람은

대체 누구였소?

코러스 리더

그런 말씀을 하시기는 했습니다만

무슨 의미로 하셨는지는 모르겠습니다.

크레온

눈이 성하고 정신이 멀쩡한 사람이 그런 비난을 퍼부었겠소?

코러스 리더

모르겠습니다.

주인님의 행동을 판단 할 수는 없어요. 여기 오시는군요.

오이디푸스 등장.

오이디푸스

왜 왔나, 크레온?

내 앞에 얼굴을 내밀 정도로 뻔뻔스러운가?

이 암살자!

그래놓고 이제는 내 왕좌를 훔치려 들어?

무엇 때문에 이런 음모를 꾸몄나?

내가 겁쟁이던가?

어리석던가?

네 배신을 모르리라고 생각했나?

내가 너를 저지시키지 않을 거라고 기대했나?

이 바보 같으니! 네 음모는 미친 짓이야!

돈도 없이, 친구도 없이

왕권을 탐해 그 뒤를 쫓아다녀?

왕권을 어떻게 해서 얻는 것인데!

크레온

제 이야기를 들어보세요.

제 이야기를 다 들으신 후,

진실을 다 들으신 후, 그 때 판단하셔요.

오이디푸스

그래,

네 웅변을 말인가! 그 따위 것에서는 배울 게 없어.

내가 알아낸 사실은 네가 내 원수라는 사실이야.

크레온

잠깐, 제 말을.....

오이디푸스

한 마디만 해라. 네가 반역자가 아니라고만 해라.

크레온

　　몰지각한 완고함이 귀한 재능이라고 생각하신다면

　　폐하는 바보십니다.

오이디푸스

　　카드모스 가문을,

　　너 자신의 가문을 위태하게 만들어놓고도

　　그에 대한 대가를 치르지 않으리라고 생각한다면

　　너는 제 정신이 아니야.

크레온

　　맞습니다.

　　허지만 제가 폐께 저질렀다는 끔찍한 일이 대체 무엇입니까?

오이디푸스

　　그 예언자를 부르러 보내라고 내게 말을 했나,

　　안 했나?

크레온

　　했지요.

　　그런 일이 또 있다면 그를 부르시라고 다시 말씀드리겠어요.

오이디푸스

　　그렇다면, 얼마나 오래 전에 라이오스가?

크레온

　　무엇이라고요?

오이디푸스

　　……사라졌나?

크레온

　오래 전 일이지요.

오이디푸스

　네가 추천한 테이레시아스는—그 자는—그 때도 예언자였나?

크레온

　그렇지요.

　그 때도 지금처럼 지혜 있고 존경받는 분이었지요.

오이디푸스

　그 때 그 자가 나를 한 번이라도 언급했었나?

크레온

　제 앞에서는 없었습니다.

오이디푸스

　살인을 조사하지 않았나?

크레온

　물론 조사했지요.

오이디푸스

　그렇다면 예언자가 왜 그 때에는 아무 말도 하지 않았단 말인가?

크레온

　저로서는 알 수 없는 일입니다.

　애써 알려고 할 필요도 없는 일이고요.

오이디푸스

　내가 말하려는 부분을 너도 충분히 잘 알고 있지 않은가?

크레온

　무엇을 말씀입니까?

오이디푸스

그 예언자가 네 지시 하에 움직이지 않았더라면,

나를 라이오스의 살해자로 지목하지 않았을 것이란 말이다.

크레온

만일 그가 그렇게 말했다면

폐하께서는 확실히 아실 권리가 있으시겠지요.

허나 직접 들으셨지 않습니까?

이제는 폐하께서 제게 질문을 던지셨듯이

저도 폐하께 질문하려 합니다.

오이디푸스

무엇이든 물어보아라. 나는 살해자가 아니다.

크레온

그렇다면 제 말에 대답해 주십시오. 제 누이와 결혼하셨지요?

오이디푸스

물론 했지.

크레온

제 누이는 폐하와 대등한 권한을 가지고 이 나라를 다스리지요?

오이디푸스

왕비가 원하는 것은 무엇이든 허락하고 있다.

크레온

두 분 다음으로는 제가 아닙니까?

오이디푸스

그렇다. 바로 그런 위치에서 반역을 시도한 게다.

크레온

그렇지 않습니다.

저처럼 이성적으로 생각해 보십시오.

첫 번째로, 스스로 질문해 보세요.

어느 누가 지위와 권리를 보장받고 평안하게 사는 것보다

공포에 떠는 삶을 더 선호하겠습니까?

저는 왕좌 없이도 왕처럼 행세할 수 있으므로

굳이 왕이 되고 싶지 않습니다.

현명한 자라면 누구라도 꼭 같이 생각할 겁니다.

저는 왕의 특권을 폐하와 더불어 공유하고 있어요.

허나 왕좌 주변에 잠복된 위험을 맞서야 되는 분은

폐하 혼자시지요. 만일 왕이라면,

여러 면에서 제가 원하는 바와 달리 행동해야겠지요.

고통의 위험 없이 지위와 통치권을 누리고 있는데

왕이 된다고 무슨 다른 이득이 거기에 추가되겠습니까?

제 정신은 멀쩡합니다.

제게 이익이 되는 명예 이외에 다른 명예를 추구하지 않습니다.

모든 사람이 저를 좋아합니다.

누구나 폐하의 환심을 얻기를 바라면서도 저에게 먼저 인사합니다.

이 좋은 자리를 왜 왕좌와 바꾸려고 하겠습니까?

바보들이나 그렇게 하겠지요.

저는 반역자도 아니고 반역행위를 거들지도 않을 겁니다.

증거가 필요하십니까? 델피에 가십시오.

제가 폐하께 진실을 말했는지 물어보세요.

그리고 나서 만일 제가 예언자와 더불어 공모한 죄를

발견하시거든 사형을 명하십시오. 그대로 따르겠습니다.

다만 증거도 없이 저를 죄인 취급하지는 마시라는 겁니다.

증거도 없이, 죄인을 무죄로,

무죄한 자를 죄인으로 판결 내리시면

잘못하시는 거지요.

진정한 친구를 던져버리는 것은 가장 큰 상급인 생명 자체를

던져버림과 같습니다. 제 말이 사실임을 머지 않아

아시게 될 겁니다. 시간만이 의인을 밝혀주지요.

단 하루의 시간만 가져도 죄인을 밝혀낼 수 있을 것입니다.

코러스 리더

그 분의 말씀이 옳습니다, 폐하.

그의 말을 존중하셔요. 서두르시면 결과를 망치게 됩니다.

오이디푸스

경솔히 꾸며진 음모이다.

재빨리 대응해서 막아야 한다.

음모가 성공하라고 죽치고 앉아 기다릴 수만은 없어.

크레온

어떻게 하시렵니까? 저를 추방시키시렵니까?

오이디푸스

아니, 아니야.

너를 추방시키지 않아.

나는 내 보좌를 탐내는 모든 자들에게 본을 보이기 위해

네가 죽는 것을 봐야겠어.

크레온

그렇다면 제가 제안한대로 하지 않으시려는군요.

저를 믿지 못하시는군요.

오이디푸스

신뢰할 만한 증거를 아직 보여주지 않았어.

크레온

못했지요. 폐하가 제 정신이 아니시기 때문이죠.

오이디푸스

내가 보기에는 정신이 멀쩡해.

크레온

제가 뵙기에도 정신이 온전하셔야지요.

오이디푸스

아니야. 너는 반역자야!

크레온

만일 폐하가 잘못 생각하셨다면?

오이디푸스

그래도 내가 다스릴 거야.

크레온

......

오이디푸스

오, 테베 시여! 나의 도시여, 저 놈의 말을 들어보라!

크레온

제 도시도 되지요.

코러스 리더

그만들 하세요. 이오카스테가 오시네요.

아마도 왕비께서 이 마음 쓰린 슬픈 다툼을 멈추게 하실 거예요.

이오카스테 등장.

이오카스테

왜 당신들은 지각없는 바보들처럼 행동하고

이유 없이 다투시는 거예요?

도시가 병들어 죽어가는데

당신들 스스로가 근심거리를 보태주는 것이

부끄럽지도 않으세요? 가세요, 크레온, 우리만 남겨둬요.

오라버니가 과장해 생각하시는 사소한 불만들일랑 잊어버리세요.

그런 것이 뭐가 그리 중요해요?

크레온

중요하지요. 왕비의 남편인 폐하가 정신이 돌아서

나를 죽이거나 추방시키겠다고 위협했단 말이오.

오이디푸스

맞아. 그랬어.

그가 내 신상을 해치는 음모를 꾸미는 것을 알아냈기 때문이지.

크레온

그게 사실이라면 만일 내게 그런 죄가 있다면

신들이 영원히 나를 괴롭힐지어다.

이오카스테
　오빠를 믿으세요, 오이디푸스.
　오빠가 한 맹세를 생각하시고,
　저를 생각하시고, 사람들을 생각해서라도 오빠의 말을 믿으세요!

스트로피 1

코러스
　폐하, 왕비의 말씀에 귀를 기울이세요.
　비옵나니 깊이 생각하세요.
오이디푸스
　나보고 무얼 하라는 거냐?
코러스
　크레온이 한 맹세를 존중하세요.
　그의 과거의 성실성을 존중하세요.
오이디푸스
　네가 요구하는 것이 무엇인지 알고 있느냐?
코러스
　예, 알지요.
오이디푸스
　그러면 무슨 뜻인지 말해보아라.
코러스
　저주를 받겠다고 맹세까지 하는 친구를 비난하는 것은

잘못이시라는 말씀이지요.

증거 없이 친구를 비방하고 그를 부끄럽게 만드는 것은

잘못하시는 거란 말씀이지요.

오이디푸스

이런 식으로 말하는 것은 바로 나를 추방시키거나

나의 멸망을 요구하는 것이란 사실을 알고 있겠지.

스트로피 2

코러스

오, 신이시여! 아니예요!

오, 태양의 신이여, 아니예요!

만일 내가 그렇게 생각한다면

하늘과 땅이 나를 파멸시키소서!

우리의 도시가 질병으로 찢기고

내 마음이 고통으로 찢길 때

또 다른 걱정거리가 우리에게 엄습하지 않게 하소서.

오이디푸스

그렇다면, 그를 가게 해라.

비록, 그것이 곧 나의 죽음이나

불명예스러운 추방을 의미하는 것이라 해도

그의 말이 아니라 그대들의 말이 나의 심금을 울렸다.

허나 크레온이 어디에 있든 나는 그를 증오할 것이다.

크레온

굽혀야 할 때 완강하시고,

연민을 느껴야 할 때 잔인하시군요.

그런 이들은 고통을 당하게 마련이지요.

오이디푸스

가거라. 날 편히 내버려 두어라.

크레온

가겠습니다.

폐하만이 홀로 저를 죄 있다 하셨으나

저의 이 재판관이며 배심원들을 보십시오.

오이디푸스 왕이시여.

크레온 퇴장.

안티스트로피 Ⅰ

코러스

왕비 전하, 폐하께 잠시 쉬시라 권하소서.

이오카스테

사실을 알고 나서 그렇게 하겠어요.

코러스

맹목적 의심이 폐하의 마음을 소진시켰고

부당한 비난에

크레온은 분이 치밀어 이글이글 타오르게 된 것입니다.

이오카스테

두 분 다 잘못하셨어요.

코러스

예. 두 분이 다 잘못하셨습니다.

이오카스테

두 분이 격노하게 된 이유가 무엇인가요?

코러스

묻지 마십시오.

우리 도시는 고통으로 이미 지쳐있습니다.

그대로 현재 상태로 놓아 두세요.

오이디푸스

불같이 치민 내 분을 사그러 뜨리려고

애써 수고를 한 결과가 이게 뭐요?

안티스트로피 2

코러스

폐하, 전에 말씀드렸지만

한 번 더 말씀드리지요.

저희를 보다 순탄한 길로 인도해주셨고

무서운 재난의 바다에서 저희를 구해내셨고

앞으로도 저희를 인도하여

고통으로부터 풀려 나와 쉴 항구로, 평안으로

인도하실 왕으로부터 등을 돌린다면

저희는 제 정신이 아니고

어리석은 바보일 것입니다.

이오카스테

제발, 폐하, 그토록 마음 상하신 이유를 말씀해주세요.

오이디푸스

그러리다.

왕비는 내게 어느 누구와도 다르므로.

이유는 크레온이 내 왕좌를 탐내 음모를 꾸몄기 때문이오.

이오카스테

음모를 꾸민 증거가 있으세요?

오이디푸스

라이오스를 죽인 죄가

나 오이디푸스에게 있다고 그가 말하고 있소.

이오카스테

무슨 근거로 그렇게 말하나요?

오이디푸스

스스로의 입술을 더럽혀 그 말을 하지는 않소.

대신 가짜 예언자를 이용해 그렇게 말을 시키고 있소.

이오카스테

그렇다면 어떤 인간에게도

예언의 능력은 없으므로 자신을 책하지 마세요.

저에게 증거가 있어요.

전에 델피의 신전에서 사제들로부터 신탁이 내린 일이 있었어요.
아폴로 신이 직접 내린 신탁이라고 말하지는 않겠어요.
라이오스 왕이 저와의 사이에서 태어난 자식의 손에 의해
죽는다는 내용이었지요.
그렇지만 우리가 들은 소문에 의하면
강도들이 삼거리 노상에서 라이오스를 죽였다는 거예요.
어린애로 말할 것 같으면,
난 지 3일 되었을 때에 라이오스가 발꿈치에 핀을 꽂아
한적한 산길에 내버려 죽으라고 누군가에게 주어버렸지요.
그러니 아폴로의 예언은 성취되지 않았던 것이예요.
자식이 아버지를 죽인 것이 아니란 말이예요.
라이오스의 두려움은 실현되지 않아 자식의 손에 의해
죽지 않게 된 것이죠. 예언이란 이런 식이예요.
믿으실 필요가 없으세요.
신의 뜻이면 다 드러나게 마련이지요.

오이디푸스

당신의 말을 들을 때 내 마음이 어지럽구료.
갑자기 생각이 흔들리고 뒤죽박죽이 되고 있소.

이오카스테

왜요? 무엇 때문에 그렇게 무서워하세요?

오이디푸스

라이오스가 삼거리 길에서 살해되었다는 그 말 말이오.
그렇게 말하지 않았소?

이오카스테

맞아요. 그렇게들 이야기했어요.

요즈음도 그렇게 말하고들 있어요.

오이디푸스

그 삼거리는 어디에 있소?

이오카스테

포시스라는24) 곳인데,

거기서 한쪽 길은 델피로 향하고,

또 한쪽 길은 돌리아로25) 향하지요.

오이디푸스

얼마나 오래 전 일이지요?

이오카스테

폐하가 이 곳에 오시기 얼마 전이예요.

오이디푸스

오, 신이시여. 나를 위해 어떤 계획을 가지고 계십니까?

이오카스테

무슨 일이세요. 오이디푸스. 왜 놀라세요?

오이디푸스

묻지마요. 묻지마.

라이오스가 어떻게 생겼으며

나이가 몇이었는지만 대답해 주오.

---

24) 포시스(Phosis): 그리스 중앙에 있으며 델피가 위치한 지역이다.
25) 돌리아(Daulia): 파나수스 산의 남동쪽에 있는 도시이다.

이오카스테

　키가 크시고 희끗희끗한 머리에 풍채는 폐하와 매우 비슷하셨지요.

오이디푸스

　오 신이여!

　내가 저주받았으면서도 그 사실을 모르는 겁니까?

이오카스테

　웬일이세요? 오이디푸스, 저도 겁이 나네요.

오이디푸스

　그럴 리 없어. 그 예언자가 알 리 없어. 한 가지만 더 말해주오.

이오카스테

　저도 겁이 나지만, 폐하, 아는 것은 말씀드리도록 할께요.

오이디푸스

　왕과 함께 누가 여행을 했소?

　왕 혼자였소? 안내자가 있었소?

　호위병은 서너 명이었소, 많았소?

이오카스테

　다섯 명이 갔었지요.

　그 중 한 명은 전령이었고요.

　그리고 라이오스 왕은 마차를 타고 계셨어요.

오이디푸스

　오, 신이여! 오, 신이여! 이제는 전부 알겠다!

　이오카스테, 누가 이런 말을 해 주었오?

이오카스테

　하인이었어요. 살아 돌아온 유일한 자였지요.

오이디푸스

지금 여기 있소? 우리 집안에?

이오카스테

아니예요.

돌아와서 한 때 그의 주인이 다스리던 곳에서

폐하가 다스리시는 것을 보더니,

도시에서 멀리 떠나 들판에서 양 떼를 치게 해 달라고

애원하며 간청했어요.

그래 그 말을 들어주었지요.

착실한 하인이었으므로 그보다 더한 것도 허락했었을 거예요.

오이디푸스

그 자를 지금—여기 오도록 할 수 있을까?

이오카스테

할 수 있지요. 하지만 그 자를 데려다 무엇하시려고요?

오이디푸스

두렵소. 이오카스테.

내가 말을 너무 많이 했구려. 이제 그를 만나야겠소.

이오카스테

그렇다면 데려오도록 할께요.

하지만 폐하의 비탄의 원인을 저도 알아야겠어요.

저에게도 알 권리가 있지요.

오이디푸스

맞소. 당신에게도 권리가 있지.

이제 당신에게 말해야겠오.

누구보다도 왕비가 이제부터 내가 말하려는 내용을 알아야 하오.

나의 부친은 코린트인26) 폴리보스이고 모친은 도리언인 메로페요.

나는 코린트에서 높은 예우를 받으며 지냈소.

그러다가 이상한 일이—내가 그 일을 지나치게

관심을 가지고 생각했는지는 모르나—이상하고도 괴이한 일이

일어났던 거요.

어느 날 함께 저녁 식사를 하던 한 사람이 과음을 하고

반은 취중에

정당하게 말하자면 내가 우리 아버지 아들이 아니라고 소리를 질

렀소.

그 날은 참고 가까스로 넘긴 후

다음 날 나는 양친에게로 가서 여쭈어보았소.

두 분은 내 말에 화를 내셨고 그 반응을 보고 나는 안심을 했소.

허나 그 일이 계속 내 마음에 남아 나를 괴롭혔고

뿐만 아니라 풍문을 타고 세간에 퍼져갔다오.

그래서 나는 사실을 알고자 양친도 모르게 델피에 갔는데

아폴로 신은 내가 원하는 대답을 들려주는 대신 묻지도 않은,

도저히 믿을 수 없는 끔찍하고 비참한 이야기를 들려주었오.

즉 내가 어머니와 잠자리를 같이 하여

인간으로서는 너무 끔찍하여 생각할 수도 없는 일이지만,

---

26) 코린트(Corinth): 코린트 지협에 있는 펠로폰네소스 북부의 한 도시.

자식까지 낳게 되며, 또 나를 낳은 아버지를 죽이게
된다는 내용이었오.
그 말을 듣고 나는 몸이 떨려 코린트로부터 될 수 있는 한 멀리,
어떤 별도 나를 도로 그 곳으로 인도할 수 없도록,
또 그 부끄러운 예언이 결코 실현될 수 없도록 멀리 도망쳤소.
여행을 하며 나는 라이오스 왕이 피살되었다고 하는
그 장소에까지 오게 되었오. 정말로, 이오카스테.
삼거리가 교차하는 곳에까지 왔었오.
마차 안에 당신이 설명한대로 한 사람이 타고 있었고
전령이 마차를 앞서 인도하고 있었오. 앞에 있던 자와
연로한 자가 나를 길에서 비키라고 명령했고 나는 거절했오.
마차를 모는 이는 계속 돌진해왔고 화가 난 나는 그 자를 쳤다오.
연로한 자가 이것을 보고 손을 뻗어 채찍을 잡아 내가 지나가기를
기다리고 있다가 내 머리를 쳤오. 허나 그 댓가로,
정말이지, 그 댓가로
그 노인은 중심을 잃고 마차에서 굴러 떨어져
땅 위에 힘없이 누워버렸는데 내가 그를 죽인 거요.
나는 다 죽여버렸오.
만일 나그네였던 나와 라이오스 왕과의 사이에
어떤 인연이 얽끄러져 있다면—오 신이시여—
천지신명의 눈에 나보다 더 가증한 이가 어디 있겠습니까?
나는 나그네들이나 시민들에게 받아들이는 것이

금지된 자가 될 것이요. 말 거는 것조차 금지된 그런 자가 될 거요.

그를 죽인 그 손으로 그의 침상을 범하다니!

오 신이여! 죄악이여! 끔찍하도다!

나는 추방되어 내 백성을 결코 보지 않을 것이고

내 조국 땅을 결코 밟지 않을 것이다.

그렇지 않으면 나는 어머니를 신부로 맞아들이고

내게 생명을 주고

키워주신 나의 아버지, 폴리보스를 죽이게 될 것임에 틀림이 없다.

어떤 잔인한 신이 이런 고통을 내려보냈는가?

들으소서, 신들이여, 거룩한 신들이여,

나는 그 날이 오기 전

이 망칙하고 더러운 행위를 저지르기 전에

죽어버리고 말겠나이다.

코러스 리더

폐하의 말씀을 들으니 저희도 두렵습니다.

그러나 사건을 직접 목격한 자로부터 이야기를 들을 때까지는

희망을 가지셔야 합니다.

오이디푸스

맞다. 나도 유일한 희망을 품고 이 양치기를 기다리고 있다.

이오카스테

무엇 때문이죠?

그 자에게서 무엇을 발견하려고 하시는 거예요?

오이디푸스

　만일 그의 이야기가 당신 말과 일치한다면

　그러면 나는 안전하다는 말이요.

이오카스테

　폐하께 확신을 드릴 말씀을, 무슨 말씀을 제가 했는데요?

오이디푸스

　그 자가 "강도들"이라고 했다고 당신이 말했었소.

　강도들이 왕을 살해했노라고.

　여전히 그가 "강도들"이라고 말한다면 나는 범인이 아니오.

　어느 누구도 한 사람을 많은 사람들이라고 말하지는 않을 테니까.

　하지만 만일 그가 "한 사람의 나그네"라고 말한다면

　의심할 바 없이 그 죄는 내 것이요.

이오카스테

　그가 그렇게 말한 것을 확신하셔도 됩니다.

　그가 그 사실을 부인하지 않을 것입니다.

　저 혼자만이 아니라 도시사람이 모두 그 이야기를 들었으니까요.

　하지만 비록 그가 말을 바꾼다 해도

　라이오스 왕이 예언되었던 대로 죽음을 맞았다고 증거할 수는

　없을 것입니다. 왜냐하면 아폴로 신은

　라이오스가 자식—내 자식—의 손에 죽게 된다고 했으니까요.

　그런데 공교롭게도 그 어린애는 죽었거든요.

　그러니 예언이란 무가치한 것이고

　한 순간이라도 그것에 대해 생각할 가치가 없다고

저는 여겨요.

오이디푸스

왕비 말이 맞소.

그래도 그 양치기를 부르러 보내오.

지금 당장.

이오카스테

당장 보내겠습니다.

시키시는 것은 무엇이든 하겠어요.

그러나 이제는 안으로 함께 들어가시지요.

오이디푸스, 이오카스테 퇴장.

스트로피 Ⅰ

내가 말이나 행위에 있어

정직하게 한평생 살도록

운명이 허용하기를 비네.

하늘이 만들고 규정해 놓은

법에 따라 살기를 비네.

그 법은 올림푸스27)에서 제정된

순수한 불멸의 법이며

영원히 계속되며, 그 법 안에서 사는

신들의 정수일세.

---

27) 올림푸스(Olympus); 고대 그리스 인들이 "신들의 집"이라고 생각한 그리스 반도 중 가장 높은 산.

안티스트로피 1

오만, 방자함으로
폭군은 양식을 삼네.
철 지난 것을 찾는 교만,
몰지각한 방자함, 눈먼 자부심이
인간을 부추겨
꼭대기까지 오르게 만드나 결국은 발을 헛디뎌
나락으로 떨어질 수밖에 없지.
야심은 국가 이익을 위해 쓰여져야 하네.
그렇지 않으면 잘못일세.
신이 이 지상에서 그것을 쳐버릴 걸세.
신이여 비오니
영원히 내 곁에 서 계시소서!

스트로피 2

언행에 있어 오만하게
생을 산 자
법과 정의에 대한 존경심을 결한 자
신들을 모신 신전을 비웃는 자는
그 방자함에 대한 보상으로,

부당하게 생긴 이익을 추구하며

신성모독의 손을 뻗어

성스러운 것을 가지려 한 대가로

불운과 파멸을 맞게 되리.

아니! 그런 자는 한 사람도

신의 진노를, 신의 응징을 피하지 못하리!

왜냐하면 만일 그가 그릇 행동했어도

상을 받게 된다면

신이여, 왜 내가 수고로이 당신을

노래로 찬양하겠나이까?

안티스트로피 2

내 발이 더 이상 델피의 성스런 신전을

찾아가지 않으리.

내 발이 더 이상 아베28)나 올림피아29)의 제단을 찾지 않으리.

신탁이 인간들에게 어김없이

진실을 말하지 않는다면!

모든 것을 다스리는 전능한 제우스여, 어디 계시나이까?

---

28) 아베(Abae): 그리스 중앙의 도시로서 아폴로의 신탁이 있는 곳이다.
29) 올림피아(Olympia): 서(西) 펠로폰네소스 반도의 한 도시로서 제우스의 신탁이 있
는 곳이다.

당신도 들으셨겠지요.

당신도, 천지에 충만한 당신의 능력으로 아시겠지요.

아폴로의 신탁이 이제 명예를 잃어버리게 되었어요.

라이오스에 대해 신이 말한 것이

무시당하게 되었어요.

신이 죽을 수 있단 말인가요?

세 번째 에피소드

이오카스테 등장.

이오카스테

여러분이여,

제가 이 월계화관과 향을 테베 신전에 바치려고 합니다.

오이디푸스가 가슴을 고뇌로 찢고 있어요.

과거에 비추어 현재를 가늠하는 그의 비전이

두려움과 공포로 흐려지고 말았어요.

두려움을 가져다주는 말마다 삼키고

고통과 멸망, 죽음을 상기시키는 생각을 마시고 있어요.

그의 고통을 가볍게 해주는 힘이 제게는 이제 없군요.

이제, 아폴로여, 기도와 간구의 제물을 가지고 당신께 왔나이다.

우리의 고뇌를 끝내고

자유롭게 해 줄 길을 찾아주세요.

오, 빛의 신이여,

우리를 풀어주소서!

바다 위 미지의 공포에 마비된 채

선장만을 지켜보고 있는 선원들처럼

우리를 붙잡고 있는 두려움을 당신은 아시지요.

사자 1 등장.

코러스 리더

실례지만 오이디푸스 왕의 집으로

저를 인도해주시겠습니까?

아니면 왕을 어디 가면 뵐 수 있는지 저에게 일러주세요.

코러스 리더

여기가 왕궁이고 왕은 안에 계신다오.

여기 그의 아내이자 그의 자녀들의 어머니인 왕비께서 계시는군요.

사자 1

오이디푸스의 집,

그의 가문과 자녀, 아내에게 축복이 있을 지어다.

이오카스테

당신께도 축복이 있기를!

고마운 말씀에 감사 드립니다.

오신 이유는? 무슨 이유로 오셨나요?

사자 1

좋은 소식을 가져왔습니다.

폐하와 왕비 전하의 가정에 좋은 소식입니다.

이오카스테

무슨 소식이요? 어디서 오셨소?

사자 1

코린트에서 왔습니다.

제 소식을 들으시면 틀림없이 기뻐하실 것입니다.

그러나 슬픔도 함께 느끼실 것입니다.

이오카스테

뭐라고요? 어떻게 그럴 수 있나요?

사자 1

전하의 남편이 이제 이스머스의 통치자가 되셨습니다!

이오카스테

코린트의 폴리보스 왕께서 폐위되셨단 말이오?

사자 1

돌아가셨습니다.

이오카스테

뭐라고요? 폴리보스 왕이 돌아가셨다고요?

사자 1

목숨을 걸고 맹세드리지만 사실입니다.

이오카스테

하인 한 명에게.

가거라, 빨리! 주인께 아뢰어라.

하늘을 향해.

신이 선포한 예언들이여! 그대들이 설 자리는 어디인고?

오이디푸스가 만나기를 두려워 한 사람,

그를 죽이게 될까봐 감히 대면하지 못한

그 사람이 죽었도다!

오이디푸스에 의해서가 아니라―명이 다 해 죽었도다!

오이디푸스 등장.

오이디푸스

무슨 일이요, 이오카스테? 왜 나를 부르러 보냈오?

이오카스테

이 분의 이야기를 들어보셔요. 이야기를 들으시고

거룩한 예언들이 무슨 가치가 있는지 스스로 판단해 보세요.

오이디푸스

그가 누구요? 내게 무슨 소식을 가져왔단 말이요?

이오카스테

코린트에서 폴리보스 왕의 서거 소식을 가지고 왔어요.

오이디푸스

뭐라고? 내게 말하도록 하라.

사자 1

먼저 이 소식부터 말씀드립니다.

간단히 말씀드려 폴리보스 왕이 서거하셨습니다.

오이디푸스

어떻게 돌아가셨나? 반역인가?

병환이셨나? 어떻게 돌아가셨나?

사자 1

저울이 조금만 움직여도 연로하신 분이 안식하시기에는
충분하지요.

오이디푸스

그렇다면 병환이셨구나. 가련한 분!

사자 1

병환이셨지요. 고령이시기도 하고요.

오이디푸스

오, 이오카스테!
왜? 왜 우리가 신전의 예언이나 신탁,
또 머리 위에서 지껄여대는 새들의 예언의 소리에
귀를 기울일 필요가 있단 말이오?
그 예언들은 내가 아버지를 죽이게 될 것이라고
믿도록 만들었소.
허나 내 아버지께서는 돌아가셔서 지금 무덤 속에 계시는데
나는 무기에 손도 대지 않은 채 여기 서 있지 않소.
혹 아들인 나를 보고싶어 상심 끝에 돌아가셨다면 모를까.
만일 그렇다면 바로 내가 아버지를 돌아가시게 만든
장본인이라고 말할 수도 있겠지만 말이오.
그 신탁은 도대체 지금 어디로 가 버렸오?
폴리보스 왕께서 세상을 뜨며 무덤으로 가져가 버렸단 말이오?
그것들이 이제 무슨 가치가 있겠오?

이오카스테

제가 줄곧 그렇게 말씀드리지 않던가요?

오이디푸스

맞았어.

당신이 그랬었지. 허나 두려움 때문에 내가 잘못 생각했던 거요.

이오카스테

이제는 그 일을 더 이상 생각하실 필요가 없으셔요.

오이디푸스

그렇지만 어머니와의 결혼—여전히 그 일이 내게는 두렵소.

이오카스테

아니예요.

아니예요. 운이 풀릴 때면 인간은 두려워 할 필요가 없는 거예요.

인간은 미래를 알지 못하게 되어있어요.

원하는 대로, 가능한대로 사는 것이 좋은 것이예요.

어머니와의 결혼 같은 것은 두려워 할 필요가 없어요.

남자들은 종종 꿈속에서 어머니 침상에 다가가

함께 잠자고 포옹하는 꿈을 꾸곤 하지요.

하지만 이런 것들이 무의미하다는 것을 아는 사람은

두려움 없이 살 수 있는 거예요.

오이디푸스

어머니께서 살아계시지 않다면 당신 말이 맞을지도 몰라.

허나 내 어머니는 지금 살아계시단 말이요.

당신이 뭐라 말하든 두려워할 수밖에 없오.

이오카스테

아버님의 죽음이 조금은 위로가 되지 않으셨나요?

오이디푸스

그렇소. 조금은 위로가 됐오.

허나 나의 두려움은 어머니요.

어머니가 살아 계신 한—

사자 1

누구를 말씀하시는 건가요?

폐하께서 두려워하시는 분은 누구인가요?

오이디푸스

폴리보스 왕의 부인 메로페 왕비요, 노인장.

사자 1

왜 그 분이 폐하에게 두려움을 주지요?

오이디푸스

신탁 때문이지요.

신들이 보내 준 무서운 신탁 말이요.

사자 1

이방인인 저에게도 그 내용을 말씀해 주실 수 있나요?

오이디푸스

좋소. 말해드리리다.

이전에 아폴로 신이

내가 어머니를 신부로 맞이하고

내 손으로 아버지를 살해할 것이라는 말을 했었오.

바로 그 이유 때문에 오래 전 내가 코린트 시를 떠났던 것인데
돌이켜보면 그것이 내게는 행운이었오.
그렇지만 그동안 부모님을 뵙고 싶은 마음이
종종 일어났던 것은 사실이오.

사자 1

코린트 시에서 폐하를 몰아낸 두려움이란 게 바로 이것입니까?

오이디푸스

그렇소. 부친을 죽이고 싶지 않았던 거요.

사자 1

제가 폐하를 이 공포로부터 자유롭게 해드릴 수 있습니다.
제가 여기 오기를 잘한 것 같군요.

오이디푸스

그렇다면 응분의 보상을 받게 될 것이오.

사자 1

바로 그겁니다.
폐하께서는 고향에 돌아가시고 저도 편하게 살게 되고요.

오이디푸스

고향이라니? 코린트 말이오? 내 양친께로? 절대로 안 되지.

사자 1

폐하께서는 지금 무슨 말씀을 하고 계신지 모르십니다.

오이디푸스

노인장, 무슨 말이오? 제발 무슨 뜻인지 말해주오.

사자 1

폐하께서 고향에 돌아가는 것을 두려워하시는 그 이유 말씀입니다.

오이디푸스

아폴로 신의 예언—그것이 성취될까봐 두려운 거요.

사자 1

부모님과 연관 있다고 하는 그 저주 말씀이지요?

오이디푸스

맞아. 그것이 두려운 거요.

사자 1

그러시다면 그것은 근거 없는 두려움입니다.

오이디푸스

내가 그 분들의 아들인데 어떻게 근거 없단 말인가?

사자1

폴리보스는 폐하와 아무런 혈연관계가 없는 분이십니다.

오이디푸스

무슨 말을 하는 거요? 폴리보스가 내 아버지가 아니시라고?

사자 1

물론이지요.

제가 폐하의 아버님이 아니듯

폴리보스는 폐하의 아버님이 아니십니다.

오이디푸스

당신이 내 아버지가 아닌 것처럼 이라고?

당신은 나와 아무 상관이 없는 몸이 아니요?

사자 1

그 분도 저와 마찬가지로 폐하의 아버님이 아닙니다.

오이디푸스

그렇다면 왜 나를 아들이라고 불렀지요?

사자 1

폐하는 제가 그 분께 갖다드린 선물이었습니다.

오이디푸스

선물이었다고?

당신이 나를 갖다 주었다고?

그런데도 자기 아들처럼 사랑했단 말이요?

사자 1

예, 폐하, 그 분은 자녀가 없으셨습니다.

오이디푸스

언제 나를 그 분께 갖다드렸오?

나를 돈 주고 샀오? 아니면 나를 어디서 발견한 거요?

사자 1

폐하를 키타이론 산에서 발견했지요.

오이디푸스

거기서 당신은 무엇을 하고 있었오?

사자 1

산기슭에서 양을 치고 있었지요.

오이디푸스

그럼 당신은 고용된 양치기였오?

사자 1

예, 고용 양치기로서 그 때 폐하를 구해냈지요.

오이디푸스

나를 구해내었다고?

당신이 나를 발견했을 때 내가 고통 중에 있었오?

내가 어려움을 겪고 있었오?

사자 1

예, 폐하의 발뒤꿈치가 그 증거입니다.

오이디푸스

아, 이 오래된 상처를 말하는 것이로구나.

그것이 이 문제와 무슨 관련이 있단 말이요?

사자 1

제가 폐하를 발견했을 때 폐하의 발꿈치는

못으로 꿰뚫려 있었어요. 제가 그 못을 빼 드렸지요.

오이디푸스

맞아. 젖먹이 때부터 나는 이 끔찍한 낙인을 가지고 있었어.

사자 1

발꿈치가 부어 올랐기 때문에

폐하의 이름도 "오이디푸스"라고 지어진 것이예요.

오이디푸스

오! 누가 이런 짓을 내게 했단 말인가?

내 아버님이냐? 아니면 내 어머님이냐?

사자 1

저는 모릅니다.

제게 폐하를 넘겨 준 사람에게 물어보시면 알 것입니다.

오이디푸스

당신이 나를 직접 발견한 것이 아니란 말이오?

다른 사람이 나를 발견했단 말이오?

사자 1

다른 양치기가 발견했습지요.

오이디푸스

누구요?

그가 누구인지 기억하고 있소?

사자 1

아마도 라이오스 왕가의 사람이었던 것 같습니다.

오이디푸스

이 도시를 다스리던 왕 말이오?

사자 1

예, 그 양치기는 왕을 섬기는 양치기였습니다.

오이디푸스

그가 아직 살아 있는가? 내가 그를 만날 수 있을까?

사자 1

코러스를 향하여.

여러분—이 곳에 계신 여러분이 답변하실 수 있겠지요.

오이디푸스

그대들 중 이 양치기를 아는 사람이 있는가?

들판에서, 테베 시에서 그를 만나 본 사람이 있는가?

지금이야말로 이 신비를 풀 때로구나.

코러스 리더

페하가 전에 만나보시기 원했던 그 양치기인 것 같습니다.

왕비께서 알고 계시겠지요.

오이디푸스

이오카스테, 사자가 말하는 사람이 바로 그 사람이요?

우리가 부르러 보낸 그 양치기와 동일인이요?

이오카스테

왜요? 무슨 차이가 있나요?

그 생각을 하지 마세요.

그가 말한 것에 신경 쓰지 마세요. 아무런 차이가 없으니까요.

오이디푸스

차이가 없다고?

내 태생을 둘러싼 신비를 풀기 위해

단서 하나라도 놓치면 안 되는 이 때에?

이오카스테

정말이지 폐하, 자신의 생명을 조금이라도 아끼신다면

이 문제를 계속 파고 들어가지 마세요. 더 이상 견딜 수 없습니다.

오이디푸스

걱정마오, 이오카스테.

비록 내가 노예 출신이거나,

혹 3대째 내려오는 노예 출신이라 해도

당신의 고귀한 신분에는 오점을 남기지 않을 것이니.

이오카스테

오이디푸스! 간청하니 제발 하지 마세요!

오이디푸스

왕비의 청이지만 받아들일 수 없소.

진실을 밝히지 않은 채 그대로 둘 수 없소.

이오카스테

제가 폐하께 중단하시라고 간청하는 것은

바로 폐하 자신을 위해서입니다. 폐하 자신의 유익을 위해서예요.

오이디푸스

나 자신의 유익 때문에 내가 너무 오래 고통을 받았오.

이오카스테

신이여, 폐하를 도와주소서!

폐하가 누구인지 결코 알게 되지 않기를 바랍니다

오이디푸스

누군가 가서 그 양치기를 내게로 데려오너라.

왕비는 자신의 고귀한 신분에 취해 있도록 내버려두고.

이오카스테

신이여, 폐하를 도와주소서!

제가 폐하께 드릴 수 있는 말씀은,

지금, 그리고 언제라도 이것뿐이예요.

이오카스테 퇴장.

코러스 리더

어찌하여 왕비께서

이처럼 슬픔에 쌓여 괴로워하며 자리를 뜨셨는가?

폐하, 왕비전하의 침묵으로부터 어떤 무서운 일이 터져 나올 것

같아 겁이 납니다.

오이디푸스

터지라고 해라!

내 태생의 비밀이 아무리 무섭다 해도 그래도

나는 그것을 밝혀내고 싶다. 왕비는—여자 특유의 자존심 때문에

내 비천한 출신에 대해 부끄러움을 느끼는 거야.

그러나 나는 행운—자비로운 행운—의 자녀다.

나는 수치를 당하지 않으련다. 행운이 나의 어머니다.

나의 누이동생들은 나의 흥망을 지켜 본 세월이며

이것이 바로 나의 가문이다.

나는 나의 신분을 절대로 부인 안 하련다—그리고

그 비밀을 알아내겠어!

오이디푸스 퇴장.

스트로피 1

아, 키타이론

만일 내 판단이 옳다면

만일 내가 들은 대로 똑바로 풀이한다면

그렇다면—올림푸스의 무한한 위엄을 걸고 말하지만

내일 보름달이 지기 전에

키타이론, 그대는 알게 되리.

오이디푸스가 그대를

어머니로서, 유모로서 높여주며

그대가 우리의 왕께 자비롭고 친절하게 대해

우리가 그대를 찬양할 것임을.

아폴로 신이시여, 이 일을 기뻐하소서!

누가 당신을 낳았나요, 오이디푸스님이여? 요정인가요?

판 신30)이 산에서 당신을 낳았나요?

아폴로가 당신을 낳았나요?

그럴지도 몰라. 왜냐하면 그는 산 속 계곡을 좋아하니까.

목장의 신 헤르메스31)가 당신의 아버지인가요?

아니면 디오니소스인가요? 그가 산 속 높은 곳에서

함께 누웠던 요정으로부터

당신을 선물로 받은 것일까요?

---

30) 판(Pan) : 숲의 신이며 목동과 양떼들의 보호자이다. 보통 상체는 인간, 하체는 염소의 모습으로 나타난다.
31) 헤르메스(Hermes): 제우스와 마이아(Maia)의 아들로서 양떼와 목장의 신이다.

네 번째 에피소드

오이디푸스 등장.

오이디푸스

여러분, 나는 저 사람을 본 일이 없소만

우리가 찾았던 양치기가 저 자란 말이오?

코린트에서 온 사자와 동년배인 것 같구먼.

그러고 보니 그를 이리로 데리고오는 자들이 내 하인들이로구나.

허나 나보다 먼저 그를 보았다면 당신들은 알지도 모르지.

그 양치기가 바로 저 사람이오?

양치기 등장.

코러스 리더

예, 맞습니다.

라이오스 왕을 누구보다 충성스럽게 모시던 양치기였지요.

오이디푸스

코린트에서 온 사자여, 당신이 말한 사람이 이 사람이요?

사자 1

예, 폐하. 이 자이옵니다.

오이디푸스

노인장, 나를 바라보고 묻는 말에 대답하게나.

그대는 라이오스 왕을 모시었던가?

양치기

그랬습지요.

허나 저는 돈에 팔려 온 노예가 아니라

궁정에서 태어나 거기서 자랐지요.

오이디푸스

무슨 일을 했었나?

양치기

거의 일생 내내 양을 치며 보냈지요.

오이디푸스

양 떼를 어디서 쳤었나?

양치기

키타이론 산이나 그 근방의 장소였지요.

오이디푸스

이 사람을 본 일이 있던가?

양치기

누구 말씀인가요?

오이디푸스

이 사람 말일세. 전에 그를 만나 본 일이 있는가?

양치기

기억이 안 나는데요.

사자 1

그럴 만도 하지요. 기억나도록 제가 도와드리지요.

우리가 키타이론 산에서 함께 보낸 시간을

그가 틀림없이 기억해낼 겁니다. 그는 두 떼의 양을,

나는 한 떼의 양을 거느리고 있었지요.

매년 봄부터 여름까지 여섯 달 동안을 삼 년씩이나

그렇게 보냈어요. 겨울이면 저는 코린트의 양 우리로 양을 몰고 갔고 그는 라이오스 왕의 양 우리로 가곤 했지요. 그렇지 않소?

양치기

그런 일이 있었지요, 허지만 오래 전 일이지요.

사자 1

그러면 이것을 말해주시오.

당신이 내 아이처럼 길러달라며 내게 준 아이를 기억하시오?

양치기

무슨 이야기를 하는 거요? 왜 내게 이런 것을 묻소?

사자 1

이 분이, 여보게 친구, 바로 이 분이 그 아이라오.

양치기

천벌을 받을 지고! 네 입을 닥쳐라!

오이디푸스

고정하게나, 노인장.

책망 받을 사람은 그대일세. 그대가 잘못 말하고 있는 걸세.

양치기

폐하, 제가 무슨 죄를 지었나이까?

오이디푸스

어린 아기에 관한 질문에 대답을 회피하였잖나?

양치기

저 사람은 자신이 무슨 말을 하고 있는지 모릅니다.

제 정신이 아니예요.

오이디푸스

자네가 스스로 대답하지 않는다면 말하도록 만들겠다.

양치기

안됩니다, 폐하. 제발 늙은이를 해치지 마세요.

오이디푸스

코러스에게.

너희들 중 한 명이 그의 두 손을 등 뒤로 비틀어라.

양치기

어째서? 어째서죠? 무엇을 알고 싶으신 거예요?

오이디푸스

아이를 그에게 주었는가, 주지 않았는가?

양치기

주었습죠. 그에게 아기를 주었어요.

그 날 내가 죽어버렸으면 좋았을 것을.

오이디푸스

사실대로 말하지 않으면 지금 원대로 죽게 해 줄 것이다.

양치기

제가 사실대로 말씀드리면 더 끔찍한 일이 벌어집니다.

오이디푸스

그래도 대답을 미루고 있구나!

양치기

아이를 그에게 주었다고 말씀드리지 않았나요?

오이디푸스

어디서 그 아이를 얻었나?

네 집인가, 누구 다른 사람의 집에서인가?

어디서 얻었나?

양치기

제 집이 아니라 다른 이의 집에서 얻었습니다.

오이디푸스

누구의 집이냐? 시민의 집인가? 누구의 집인가?

양치기

신이여! 폐하, 제게 더 이상은 묻지 마소서.

오이디푸스

마지막으로 묻는 말이다.

양치기

그 아이는—라이오스 왕가의 아이였습니다.

오이디푸스

노예였나? 아니면 왕 자신의 혈육이었나?

양치기

폐하, 대답을 해야만 하나요?

오이디푸스

대답해야 한다. 나는 들어야 하고.

양치기

라이오스 왕의 아기라고 들었습니다.

하지만 왕비께서 폐하께 가장 잘 말씀하실 수 있을 거예요.

오이디푸스

왕비가 네게 아기를 주었더란 말이냐?

양치기

　그렇습지요. 폐하.

오이디푸스

　어째서지?

양치기

　죽여달라고요.

오이디푸스

　친자식을 말이냐?

양치기

　왜냐하면 왕비께서는 끔찍한 예언이 두려우셨던 겁니다.

오이디푸스

　무슨 예언인가?

양치기

　아이가 커서 부친을 죽일 것이라는 예언이었지요.

오이디푸스

　그렇다면 왜 그대는 아기를 이 사람에게 주었던가?

양치기

　아기가 불쌍한 생각이 들었습니다.

　그리고 그 친구가 아기를 자기 집으로

　데려갈 것이라고 생각했지요.

　그는 아기를 고통으로부터 구해 냈으나

　결국 더 큰 고통을 겪게 만든 겁니다.

　폐하, 만일 폐하께서 이 친구가 말하는 바로 그 분이시라면

　오, 신이시여, 폐하께서는 고통받기 위해 태어나신 겁니다.

오이디푸스

오, 신이여,

안 돼! 인제 알겠다.

모든 것이 명백하구나! 오, 광명이여!

나는 다시는 너를 보지 않을 것이다.

죄다. 죄 가운데 태어나 죄 가운데 결혼하고

피 흘리며 죄를 지었구나.

오이디푸스 퇴장.

스트로피 1

대대로 이어지는 인간의 세대여, 그대들은 아무 것도 아니다.

그대들은 아무 것도 아니다!

나는 그대들이 존재하지 않았던 것으로 간주한다.

이 지구 위에 행복하다고

말할 수 있는 사람이 있었던가?

사라져 버릴 환영이나 환상,

영상이나 꿈이 아닌,

행복을, 진정한 행복을

아는 자가 도대체 존재했던가?

오이디푸스여, 당신의 예를 통해

당신의 운명, 재난을 통해

우리 인간들 중 어느 누구도
행복이 진정 무엇인지
알지도, 느끼지도 못한다는 것을 보여주고 있군요.

안티스트로피 1

여기 있는 오이디푸스는
행운과 명성과 기쁨이
그의 손을 잡고
인간이 한번도 가보지 못한
정상에까지 이끌려 갔네.
제우스 신이시여, 날카로운 앞발을 가진, 수수께끼를 내는 마녀
스핑크스의 채찍을 물리친 것은 그였습니다.
재난과 멸망과 죽음의 문턱에서
그가 나를 구해주었지요.
명예를 얻고 환영받으며
왕관을 쓰고 우리의 왕으로 환호 받으며 추대된 것은
바로 그였습니다.

스트로피 2

여기 오이디푸스가 있네

지상의 어느 누가
더 심한 매를 맞고
더 심술궂은 운명의 살에 쏘였던가?
비참한 오이디푸스!
아버지이며 동시에 아들이고
한 때 당신의 생명을 잉태했던
그 곳에서 당신은 쾌락을 얻었어.
부친이 갈아 놓은 밭고랑이
조용히 당신을 받아들였지. 어떻게, 어떻게 그럴 수가 있단 말인가?

안티스트로피 2

모든 것을 보며, 제어할 수 없는 시간이
당신이 누구임을 들어내었소
결코 용납될 수 없는 그 결합 위에
시간이 심판을 내리고
아버지이고 동시에 아들이며
자식을 낳은 자이며 또 자식인
당신을 심판하는군요.
내가 라이오스의 아이를 한번도
보지 않았더라면 좋았을 것을!
이제 나는 울부짖으며 울고

내 입술은 비탄으로 말라붙었구나.

내게 생명을 준 것도 당신이었지만

이제 내게 죽음을 가져다 주는 것도 당신이군요.

엑소도스32)

사자 2

존경하는 테베 시민들이여,

여러분께서 진정 랍다카스의 자녀들이며

함께 염려할 수 있는 분들이라면 여러분은 이 소식을 듣고

슬퍼하실 것이며 눈으로 보고는 비탄해 하실 것이고

슬픔에 눌려 마음 아파하실 것입니다.

이스터33)와 파시스34) 강물일지라도

이 가문 안에 숨겨져 있던 끔찍한 행위들을 다

---

32) 엑소더스(Exodus)는 현대 극의 대단원에 해당한다.
33) 이스터(Ister) 강은 다뉴브 강의 하류를 가리키며 그리스 인들에 의해 유럽에서 가
   장 큰 강으로 여겨졌다.
34) 파시스(Phasis) 강은 코카사스 산맥에서 시작하여 흑해의 동쪽 부분으로 흘러 들어
   가는 강이다.

104

씻어주지 못할 것이요.

가장 슬픈 것은 자의로 악을 행했다는 거예요.

코러스 리더

이미 알고 있는 바로도 우리는 충분히 슬퍼하고 있어요.

여기에 무엇을 더 덧붙일 수 있겠오?

사자 2

한가지 남은 슬픈 소식은 왕비께서 돌아가셨다는 소식입니다.

코러스 리더

오 신이시여—맙소사! 어떻게 돌아가셨오?

사자 2

왕비 스스로의 손으로 목숨을 끊으셨습니다.

그러나 여러분은 가장 두려운 고통은 보지 못하셨습니다.

최악의 것은 보지 못하셨어요.

나는 그것을 보았고

그러므로 왕비께서 겪은 무서운 고통에 대해

말씀드리려고 합니다.

왕비께서는 미친 듯한 절망 속에서 왕궁의 홀을 가로지르며

부부 침상으로 곧장 달려가셨습니다.

손가락으로는 머리칼을 휘어잡고 쥐어뜯고 있었지요.

그런 후 침실 안에서

그녀는 문짝을 내어 던지듯 닫아걸고는

이미 오래 전에 돌아가신 라이오스 왕을 부르며 울부짖었습니다.

그녀가 오래 전에 낳았던 아들, 아버지를 죽인 아들,

자신의 아들에게서 그 자식들을 낳게 한 두려운 저주를
가져다 준 아들을 기억하며
그녀는 라이오스 왕을 부르며 울부짖었습니다.
그녀는—남편에게서 남편을 낳고 자식에게서 자식을 낳은
두 번 더럽힌 침상을 생각하며
가련한 모습으로 울었습니다.
그런 후 무슨 일이 일어났는지는 보지 못했어요.
왕비님이 돌아가시는 것은 보지 못했어요.
그 순간 폐하께서 달려 들어와
공포의 비명을 질렀어요.
미친 듯한 격정과 마음의 혼돈 속에서
그가 이리저리 발걸음을 옮겨놓을 때 모든 이들의 눈이
그 분을 향했어요.
폐하께서는 우리들 한사람 한사람을 붙잡고
칼을 달라고 애원했어요.
그는 더 이상 아내가 아닌 아내,
그에게 어머니였었고
또 그의 자녀들의 어머니이기도 한 그 여인이 어디 있는가
애타게 물어보셨어요.
인간의 한계를 넘어 선 어떤 힘이 그를 붙잡아
왕비에게로 이끌었어요. 우리가 말해준 것이 아니었어요.
그러자 마치 누군가가 그에게 손짓하여 따라오라고 명한 것처럼

그는 공포의 비명을 지르고는 왕비가 잠근 방문에

자신의 몸을 부딪치며 내던졌어요.

그의 체중과 그의 힘이 자물쇠를 부수었고

그는 방안으로 달려 들어 갔어요.

왕비는 꼬아 엮은 줄의 매듭에 매달려 계셨어요.

그녀를 보았을 때 폐하는 소리지르며

깊고도 슬픈 비통한 신음소리를 내셨습니다.

그런 후 그는 그녀의 목을 감고 있는 끈을 풀고

그녀의 신체를 바닥 위에 눕혔습니다.

그 뒤 일어난 일은 더욱 참혹했습니다.

왕비의 황금 브로치 핀을 그녀의 가운에서 떼어내

폐하는 그것을 자신의 눈 속에 찌르고 찌르고 또 찌르며

"더 이상 너는 네가 알았고

네가 초래시킨 고통을 보지 못하게 될 것이다.

너는 보는 것이 금지된 것을 보았으며

네가 보기를 갈망했던 자를 알아보지 못했어.

이제는 어둠만을 볼 것이다"라고 울부짖었습니다.

이러한 절망적 비참함 가운데

그는 자신의 눈을 찌르고 또 찔러

마침내 피와 눈물의 소낙비가 진홍빛 비와 우박줄기처럼

그의 수염을 타고 흘러 내렸습니다.

두 사람이 저지른 죄의 대가로 마음과 육체의 고통이 혼합되어

남편과 아내에게 임하고 있었어요.

한 때는 이 가정이 행복했고 또 정당했지요.

허나 이제는,

오늘은—슬픔과 파멸, 죽음, 수치 등 이름을 가진

모든 고통들이 그들에게 임하고 있었어요.

코러스 리더

폐하께서는

지금 그 고통에서 조금이라도 벗어나셨나요?

사자 2

폐하께서는 사람을 불러 성문을 열고

테베 시민들에게 아버지를 죽인 자,

어머니를—차마 말할 수 없군요.

이 불경한 말을 입에 올릴 수 없어요—자가 누군지 밝히라고

말씀하셨어요. 그는 스스로를 이 땅에서 추방시킴으로

자신이 공포한 저주로부터 이 나라를 해방시키겠노라고

소리쳤어요. 하지만 그 분은 약하고 힘이 소진되셨어요.

길을 안내할 사람이 그 분에게 없네요.

그 분은 지금 견딜 수 없는 고통을 겪고 계셔요.

이제 직접 보시게 될 거예요.

왕궁 문이 열렸네요.

불구대천의 원수라도 불쌍히 여길

끔찍한 광경을 보게 될 거예요.

왕궁의 중앙 문이 열리고 시종들에 의지한
오이디푸스가 들어온다. 피 묻은 얼룩은 얼굴에
여전히 남아 있다. 다음의 구절이 오이디푸스와
합창간에 응답조로 노래된다.

코러스

아!

사람이 보기에 두렵고도 무섭구나!

내가 이제껏 본 중 가장 두려운 모습이구나!

아!

비참한 분이시여!

어떤 광증이 당신을 사로잡았나요?

어떤 악마가 당신에게 내려 덮쳐

이처럼 무시무시한 운명으로 치닫게 했단 말인가요?

아!

불행한 분이시여!

당신을 바라볼 수가 없군요.

당신에게 더 물어보고

더 많이 알고

깨닫고도 싶으나

당신의 모습에 몸서리가 쳐지네요!

오이디푸스

아! 아!

이 불행이 어디까지 나를 데려다 주었는가?

내가 듣는 이것이 대기의 날개를 타고 전달되는 내 목소리인가?

오 운명이여!

너는 내게 무슨 짓을 했단 말이냐?

코러스

　무섭구나!

　너무 끔찍해 들을 수 없구나!

　너무 끔찍해 들을 수 없어!

스트로피 1

오이디푸스

　어둠의 구름이여!

　잔인한지고!

　운명의 날개를 타고 나를 공격하다니!

　너를 저지시킬 방어력이 전혀 없는 나를! 오 신이시여!

　아프구나! 아프구나!

　내 살은 상처 때문에 쑤시고

　내 영혼은 무서운 기억 때문에 아려오는구나!

코러스

　육체와 영혼이 각기 괴로워하고 애통해 하는구나!

안티스트로피 1

오이디푸스

아!

그대들은 아직도 나와 함께 남아있구나.

변함 없는 친구들일세.

이제는 소경이 된 나를 돌보아주려고 그대들은 남아 있는 거야.

눈이 안 보여 그대들의 얼굴을 볼 수가 없구나.

하지만 목소리는 들려

그대들이 가까이 있는 것을 알겠어.

코러스

오 폐하,

어떻게 이런 짓을 저지르셨습니까?

어떻게 폐하 스스로 소경이 되신단 말입니까?

귀신이라도 쓰이셨나요?

스트로피 2

오이디푸스

아폴로야!

아폴로 신의 짓이야!

이 아픔, 이 고통을 그가 내게 가져다 준거야.

하지만 아버지를 친 것은 나 자신의 손이었어.

아폴로의 손이 아니라. 오, 신이시여!

보이는 것이 모두 추한 것뿐인데

어찌 제가 눈을 멀쩡히 뜨고 볼 수 있겠나이까?

코러스

정말 그렇군요.

오이디푸스

내가 눈으로 보고 사랑할 것이 무엇이 있단 말이냐?

무엇을 보고 내가 기뻐하겠는가?

무슨 소리를 듣고 내가 기뻐하겠는가?

나를 데리고 가 주게나!

이 나라 밖으로 나를 데리고 나가 주게나.

나는 저주받은 몸이야!

멸망 받도록 태어난 몸이야!

신들에게서 가장 미움을 받는 몸이야!

코러스

고생해서 행운을 얻으셨는데 재난도 겪게 되셨군요.

테베 시에 오시지 말았으면 좋을 뻔했네요.

안티스트로피 2

오이디푸스

나를 풀어 준 그 자는 저주받을지어다!

내 발에서 착꼬를 빼고 나를 살려준 자를 결코 용서할 수 없다.

나를 죽게 내 버려 두었더라면

내가 모든 것의 원인이 되지 않았을 것 아니냐.

그 슬픔과 …

코러스

그랬더라면 좋았을 뻔했지요.

오이디푸스

그랬더라면 나는 부친의 살해자로서,

나를 낳아 준 이의 배필이 되어

내 자식들에게 아버지이며 형제가 되어

신들의 멸시를 받는

이렇게까지 수치의 자녀가 되지는 않았을 것이다.

이보다 더 무서운 공포가 있는가?

오이디푸스에게 덮치지 않은 공포가 있는가?

코러스

폐하,

저희도 폐하께서 잘 하셨다고 말씀드릴 수는 없습니다.

소경으로 사시느니 죽는 것이 더 나으셨을 겁니다.

오이디푸스

나는 해야 할 바를 한 것뿐이다.

그대들도 내가 한 행위들을 알 것이다.

더 이상 충고는 필요 없다.

내가 황천에 가 아버지를 눈을 뜨고 뵐 수 있겠는가?

고뇌 중에 계신 어머니를 이 눈으로 바라볼 수 있겠는가?
두 분 모두에게 나는 죄―자결해 죽어도 부족한 죄―를 지었다.
내 자식들을 보고―그들이 어떻게 태어났는데―
기뻐할 수 있겠는가? 이 눈으로 보고 말이야?
결단코 그럴 수 없지!
테베 시를 내가 바라볼 수 있겠는가?
테베 시의 벽을 아름답게 해주는 탑들,
성스러운 신상들을 내가 바라볼 수 있겠는가?
결단코 그럴 수 없지! 저주받았어.
테베의 아들들 중 가장 고귀한 내가 저주받을 짓을 한 것이다.
하늘의 신들에게 저주받은 부정하고 더러운 자를 추방하라고
테베 시에게 명한 것은 나였어.
그런데 내가 바로 테베 시의 저주였음이 드러났지.
이 두 눈으로 시민들을 바라볼 수 있겠는가?
절대로 못하지!
청각의 근원을 막을 수만 있다면
아끼지 않고 다 투자해 이 더러운 몸뚱이가
아무 것도 볼 수 없고 아무 것도 들을 수 없는
감옥을 짓겠다.
그 때에야 비로소 슬픔이 내 마음에 당도할 수 없는 그 곳에서
비로소 나는 평화를 얻을 거야.
오 키타이론이여!

왜 그대는 나를 받아들였는가?

왜 그 때 나를 죽게 내버려두지 않았나?

왜 그대는 나를 살려두어 내 태생이 어떠함을

세상 사람들에게 알리게 했는가?

오 폴리보스여! 오 코린트여!

이제는 더 이상 내 고향이 아니지만 나의 고향이여!

그대는 밑에서 곪고 있는 악을 모른 채

나를 흠이 없다고 생각하며 양육했었지.

자, 이제 내 출생에 숨겨진 악, 나 자신의 악을 보아라.

오 신이시여!

그 세 갈래 길!

숨겨진 골짜기며 덤불 숲!

세 갈래 길이 만나는 삼거리여!

너는 내 손에서 피를 받았는데

그 피가 내 부친의 피였음을 너는 모르는가?

너는 그 때 내가 테베 시를 위해 무슨 일을 했는지 기억하는가!

결혼예식이여!

너는 나와 내 자식들을 태어나게 했는데

꼭 같은 자궁에서 태어나게 했지.

아버지! 형제! 자식! 근친상간의 죄! 신부! 아내! 어머니!

모두 다 한 결합에서 이루어졌지.

인간이 알 수 있는 가장 흉악한 죄!

가장 가공할 부끄러움—더 이상 이야기할 수 없구나.

신을 사랑한다면 나를 어딘가에 숨겨 주오.

이 나라 밖의 어딘가에 숨겨주오.

나를 죽여주오!

나를 다시는 볼 수 없도록 바다 속에 나를 던져버리시오.

애걸하니 비참한 처지에 있는 내 손을 잡아주오.

나를 잡아 주오.

내 죄는 나 홀로 짊어질 뿐 어느 누구도 건드리지 않을 것이니
두려워하지 말고.

크레온 등장.

코러스 리더

폐하가 요청하신 것을 들어주고 또 충고해주기 위해

여기 크레온이 오셨습니다.

폐하 대신에 이제는 그가 우리의 유일한 보호자입니다.

오이디푸스

내가 그에게 무슨 말을 할 수 있단 말인가?

내가 그에게 어떻게 부탁할 수 있겠는가?

그에게 억울한 누명을 씌운 나인데.

이제는 그 사실을 알고 있지.

크레온

오이디푸스여,

당신을 조롱하거나 과거 일로 당신을 질책하러 온 것이 아니요.

그러나 당신이 사람을 존경하지는 않는다 해도

적어도 그 불로 인간에게 생명을 주는 태양신은 존중하여

당신의 벌거벗겨진 죄를 태양신이 보지 못하도록 몸을 숨기시오.

대지도, 신성한 비도, 광명도, 그 죄악과 함께 있지 못할 것이오.

하인 한 명에게.

그를 안으로 인도해라.

그 자신의 가족 이외에는

어느 누구도 그의 고통스러운 모습을

듣거나 보는 것조차 불경한 일인 것이다.

오이디푸스

신의 이름으로 부탁하니 한가지 호의를 베풀어주시오.

당신은 그동안 과분하게 잘 해주셨지요.

나를 위해서라기보다 당신을 위해 부탁하는 것이오

크레온

무슨 부탁이요?

오이디푸스

나를 이 나라 밖으로 추방시켜주시오.

아무도 나를 볼 수 없는 곳으로 나를 추방해주오.

지금 당장.

크레온

나도 정말로 그렇게 하고 싶었오.

그러나 기다렸다가 신의 뜻을 행하여야 하는 것이오.

오이디푸스

신은 그 뜻을 명징하게 보여주었오.

부친 살해자를 죽여라!

불경한 자를 없애라!

오이디푸스를 죽여라 라고요.

크레온

그것이 신의 명령이었지요.

알고 있소.

그러나 상황이 이러하니 기다렸다가

우리가 해야할 일을 지시 받는 것이 좋을 듯 하오.

오이디푸스

나처럼 불운한 자를 위해 신의 인도를 구해보겠다는 거요?

크레온

물론이지요.

이제 당신은 신에게 모든 것을 맡길 준비가 되었을 것이오.

오이디푸스

예, 준비되었지요.

허나 당신에게 한가지 요청하리다.

왕비가 안에 누어있어요.

당신이 원하는 대로 장례식을 치러 주시오.

그녀에게 합당하게 해주리라 믿소.

당신 누이가 아니요.

나에 대해서는 이 도시—나의 아버지의 도시—가

더 이상 내 살아 생전에 나로 인해 저주받지 않도록 해주시오.

나를 키타이론에서 살게 해주시오.

오, 키타이론이여,

그대의 이름은 영원히 내 이름과 연결되어있구나.

그 곳은 양친이 나의 죽을 장소로 무덤을 선택했던 곳,

그 곳은 양친이 나를 죽게 하려했던 곳,

그 곳은 양친의 소망대로 내가 죽을 곳이야.

그렇지만 앞으로 질병도, 어떤 것도

나에게 죽음을 가져다 주지 않을 것을 나는 알지.

왜냐하면 한 때 죽을 뻔했던 내가 구조되었던 것은

더 무서운 불운을 겪기 위해서이니까.

그렇게 되라고 해라.

크레온, 내 아들들 걱정은 하지 마시오.

그 애들은 사내애들이니까

어디에 가든지 필요한 것을 얻을 수 있을 거예요.

그러나 내 딸들―불쌍한 것들―그것들은

애비 없이 밥 한끼도 먹어본 일이 없었는데.

무엇이든지 우리는 함께 나누었지.

크레온,

그 애들을 돌보아주시오.

크레온,

마지막으로 한번 그 애들을 만지게 해주오.

그리고 마지막으로 울게 해주오.

제발 폐하, 부탁이니 허락해주시오.

폐하는 너그럽고 친절하시지요.

내가 그 애들을 볼 수 있었을 때처럼, 전처럼

그 애들을 만지며

그 애들이 나와 같이 있다는 것을 느낄 수 있다면 좋으련만—

안티고네와 이스메네 등장.

무슨 울음소리냐?

내 딸들인가?

크레온이 나를 긍휼히 여겼는가?

내 딸들을 보내 준 것이야? 그 애들이 여기 있는가?

크레온

예. 오이디푸스 여기 있어요.

그 애들을 당신에게 데리고 오도록 시켰어요.

당신이 그 애들을 얼마나 사랑하는지,

얼마나 사랑해왔는지 나도 알아요.

오이디푸스

축복 받으세요,

크레온. 하늘이 당신을 축복하고

당신이 내게 베푼 것보다 더 큰 자비를

당신에게 베풀기를 바랍니다. 애들아, 어디 있느냐?

자, 와서 내 손을, 네 아버지의 손을, 네 오빠의 손을 만져다오.

한 때는 밝았던 이 두 눈—내가 너희들

아비가 될 그 때 무슨 일을 하는지 알지도 못하고 보지도 못한 그 눈—을 멀게 한 내 손을 만져다오.

애들아, 너희들을 생각하며 나는 운다.

이제는 너희들을 볼 수 없구나.

너희들 앞날에 기다리고 있을 쓰라린 고통,

축제나 휴일 등에 너희들이 견디어야 할 고통을 생각할 때,

사람들과 함께 즐거움을 나누어야 할 그런 때에

너희들은 슬픔을 맛보게 될 것이다.

결혼할 나이가 되면 내 자식이라는 이유 때문에

너희들에게 붙어 다니는 수치를 충분히 견디어 낼만큼

강한 남자가 누구란 말이냐?

별의별 모욕이 너희들에게 올 것이다.

너희 아버지는 자기 부친을 살해했고

자신과 그 자녀를 낳아준 여인과 동침했다는 모욕들이

너희들을 따라다니리라.

그런데 어떤 남자가 너희와 결혼하겠는가?

아무도 안 할 것이다.

애들아,

너희들은 결혼하지 않은 채로

자식도 없이 메마르고 황폐한 삶을

살아가게 될 것이다.

아, 크레온, 당신이 이 애들에게 남겨진 유일한 아버지요.

이 애들의 생부모인 우리는 사라져버렸오.

우리가 이 애들에게 생명을 주었으나
이제는 이 애들에게는 사라진 존재들이요.
이 애들을 돌보아 주시오.
가난하고 외롭게 방황하지 않도록 관심을 가져주오.
내가 저지른 행위로 인해 이 애들이 고통 겪지는 않게 해주오.
이 애들을 불쌍히 여겨주오.
너무 어리고 모든 것을 잃어버린 애들이요.
당신 밖에는 아무도 돌보아 줄 사람이 없소.
내 손을 잡고 약속해주오.
아, 내 자식들아,
너희들이 더 나이가 들면 이해시킬 수 있을 텐데.
하지만 지금은 이렇게 기도하도록 해라.
너희 아버지가 지금까지 살아왔던 삶보다
더 나은 삶을 살 수 있는 곳을 찾게 해 달라고.

크레온

그만하고 안으로 들어가시지요.

오이디푸스

그러지요. 가고 싶지는 않지만 가겠오.

크레온

모든 것이 각기 때와 장소가 있는 법이지요.

오이디푸스

가겠오, 이 조건만 들어주시오.

크레온

　무슨 조건입니까?

오이디푸스

　나를 멀리 보내달라는 조건이요.

크레온

　그것은 내가 아니라 신이 결정할 일이지요.

오이디푸스

　내가 어디로 가든 신들이 개의할 바 아니지 않소?

크레온

　그렇다면 하고 싶은 대로 하세요.

오이디푸스

　승낙하시는 거요?

크레온

　내 승낙과 무관한 일이예요.

오이디푸스

　이 곳으로부터 떠나게 해주시오.

크레온

　가세요. 단 애들은 남겨놓고.

오이디푸스

　안 돼!

　내게서 애들을 데려가지 말아요!

크레온

　아직 권한이 있는 것으로 착각하지 마세요.

　당신에게는 아무런 권한도 없어요.

코러스

저기 오이디푸스가 가네.

스핑크스가 제시한 수수께끼를 답할 만큼

능력 있는 자였지.

위대한 오이디푸스,

그의 행운과 명성 때문에

모두에게 부러움의 대상이었지.

저기 오이디푸스가 가네.

이제는 두려움과 절망의 파도 속에 빠져 죽어가고 있네.

오이디푸스를 보라.

생명이 끊어지고

죽어

더 이상 괴로워 할 필요가 없을 때까지는

우리 인간들은 어느 누구도

진실로 행복하다고 말할 수 없다는 증거일세.

작품 설명

■ 플롯

막이 열리면 테베(Thebes) 시의 시민들이 그들의 왕 오이디푸스에게 이 도시를 멸망시키려고 위협하는 재난을 물리쳐 달라고 애원한다. 오이디푸스는 어떻게 해야할지 신탁을 듣기 위해 이미 처남인 크레온(Creon)을 델피(Delphi)에 보낸 터였다. 크레온이 돌아와 신탁의 내용을 알려주는 데 곧 오이디푸스 전에 이 나라를 다스리던 왕의 살해자를 찾아 처벌하면 재난이 그친다는 것이었다. 오이디푸스는 곧 사건 해결에 착수하고 소경 예언자인 테이레시아스(Teiresias)를 불러온다. 테이레시아스는 처음에는 말하기를 거부하나 마침내 라이오스를 죽인 사람은 오이디푸스 자

테베의 맹인예언자 테이레시아스

어린 오이디푸스를 산에 내버리고 오라는 명령을 받았으나 양치기가 고민하고 있다.

신이라고 말한다. 오이디푸스는 화가 나 예언자를 조롱하며 내쫓는데 테이레시아스는 떠나기 전, 근친상간의 결혼과 소경이 될 것, 수욕을 당하고 방랑생활을 할 것 등에 관한 암울한 암시를 준다.

오이디푸스는 왕비 이오카스테로부터 조언을 구하는데 그녀는 예언 따위는 무시하라고 그를 격려한다. 그녀의 전 남편인 라이오스가 전에 아들의 손에 죽게 될 것이라는 예언을 받았으나 그 예언은 성취되지 않았다는 것이다. 왜냐하면 그들의 아기는 버려져 죽었고 라이오스는 갈림길에서 한 떼의 강도들에게 피살되었기 때문이다. 이오카스테의 이야기를 들은 오이디푸스는 마음이 산란해졌다. 왜냐하면 테베에 오기 전 그는 갈림길에서 노인 한 명을 죽였기 때문이다. 사실을

오이디푸스는 신탁의 예언을 피하고자 코린트를 떠나지만, 삼거리 길목에서 부친인 라이오스를 죽이게 된다. 오른쪽 땅 위에 왕관이 굴러 떨어져 있다.

알기 위해 오이디푸스는 사건의 유일한 증인인 양치기를 데려오라고 명한다. 또 다른 걱정이 오이디푸스를 사로잡는데 그것은 그가 젊었을 때 아버지를 죽이고 어머니와 결혼하게 될 것이라는 신탁을 듣고 두려워서 고향인 코린트를 떠나 결국 테베에까지 왔었기 때문이다. 이오카스테는 예언에 대해 걱정할 필요가 없다고 다시금 그에게 충고한다.

코린트에서 사자가 도착해 코린트의 왕이며 오이디푸스의 아버지인 폴리보스가 병으로 사망했다는 소식을 전한다. 이오카스테는 이것이야말로 오이디푸스가 들었던 예언이 무의미함을 말해주는 증거라고 기뻐한다. 그러나 오이디푸스는 어머니 메로페에 관한 예언이 아직 남

양치기를 심문하는 오이디푸스. 당당하고 자신에 찬 모습의 오이디푸스에게 늙고 꾸부정한 양치기가 그의 정체를 밝혀준다(로마 바티칸 박물관).

아 있다고 여전히 걱정하는데 이오카스테는 이를 일축한다. 곁에서 듣던 사자(使者)가 폴리보스와 메로페는 오이디푸스의 친부모가 아니라는 기쁜 소식을 전한다. 실제로 그 사자는 양치기 한 명으로부터 라이오스 가문의 버려진 아기를 받아 그 아기를 자신의 나라 왕에게 주었던 장본인이었다. 오이디푸스는 그 양치기를 조사하여 자신의 출생의 진실을 캐기로 결심하는데 왕비가 공포에 질려 조사를 중단하라고 말하면서 몹시 비통해하며 왕궁 안으로 뛰어들어간다. 최악의 경우 자신의 비천한 신분이 밝혀질 것으로 생각하고 오이디푸스는 양치기를 고대하는데 불려온 양치기는 처음에는 말하기를 거부했으나 죽음의 위협 앞에서 자신이 아는 바, 곧 오이디푸스가 실제로 라이오스와 이오카스테의 아들이라는 사실을 실토한다. 오이디푸스가 그토록 조심했음에도 그가 두려워한 예언이 그대로 이루어졌던 것이다. 자신이 아버지를 죽이고 어머니와 결혼했다는 사실을 깨닫고 오이디푸스는 격심한 고뇌와 슬픔에 빠진다.

소경이 된 오이디푸스

왕궁으로 뛰어들어가 왕비가 자결했음을 보고 오이디푸스는 미친 듯이 괴로워하며 그녀의 가운에서 핀을 뽑아 자신이 초래한 비참한 모습들을 더 이상 볼 수 없도록 두 눈을 찔러댄다. 이제 소경이 되어 부끄러움을 안은 채 오이디푸스는 크레온의 지시에 조용히 순응하여 자신의 장래에 관한 신탁을 기다린다.

■ 원전 혹은 오이디푸스 신화의 근원

소포클레스는 동시대의 극작가들과 마찬가지로 그리스 문화의 잘 알려진 전설 혹은 신화들을 극작화했다. 그 전설 혹은 신화들은 상상으로 엮어진 민족의 역사이야기로서 수세기 동안 전해 내려오며 발전된 것인데 여기에 작가인 소포클레스가 극작가로서 독창적 작업을 가함으로 작품화된 것이다. 그러므로 이 작품의 정확한 원전을 말하기는 어렵고 다만 "오이디푸스 신화"의 근원이 어떻게 형성되었는지에 대해 간단히 언급하고자 한다.

스핑크스의 수수께끼를 풀고 괴물을 퇴치한 대가로 왕국과 여왕을 얻은 영웅의 이야기는 테베에 잘 알려진 전설이었다. 한편 "오이디푸스"란 이름은 "부어오른 발을 가진 사나이"란 뜻인데 인물이 지닌 어떤 특성을 묘사하는 이런 종류의 이름은 그리스 신화에서는 보기 드물고 고대 전설 속에서 자주 찾아볼 수 있다. 이 이름의 형성은 파생된 어원으로 볼 때 기록된 역사 이전일 것으로 유추된다. 발목이 핀으로 꿰어져 "부어오른 발"은 가진 오이디푸스의 이야기가 "밖에 내버려진 갓난아기가 죽지 않고 살아나 후에 부모를 만나게 된다"는 이야기와 묶이게 되었고 이 이야기는 다시 "스핑크스의 수수께끼를 풀고 여왕과 왕국을 얻은 영웅"의 이야기와 연합하게 되었는데 그 시점은 "오이디푸스" 이름의 형성으로 보아 선사시대인 B.C. 12-14C의 미케네 문명시대라고 여겨지는 것이다. 이 신화의 틀에 아마도 고대 사람들의 윤리적 삶과 가족 간의 갈등의 요소 등이 첨가되어 "오이디푸스가 결혼한 여왕이 그의 어머니이며 죽인 사람이 아버지"라는 이야기가 만들어졌을 것이다. 이러한 요인들이 첨가됨으로 실제적으로 "오이디푸스 신화"가 만들어졌으며 본질적인 위대성도 지니게 되었는 바 그 시기는 역시 미케네 문명 시대로 거슬러 올라가고 유명한 도시였던 테베의 전설로서 정착되었을 것으로 여겨진다.

이상이 오이디푸스 신화의 기본 틀로 추정되는 바 기원전 8C 호머의 『오디세이』에서도 오이디푸스의 이야기가 언급되고 있는데 매우 간략한 내용 곧 "오이디푸스가 친부를 죽이고 친모와 결혼하였고 그 사실을 알고는 많은 고통을 겪었으며 그 어머니는 목을 메어 자결했다"는 내용만이 언급되고 있다. 이 기본 틀에 여러 다른 요소가 첨가되고 발전하여 기원전 5C 소포클레스의 작품이 나온 것으로 보인다. 소포클레스와 동시대라 할 수 있는 아이스킬로스와 에우리피데스의『오이디푸스 왕』의 내용을 살펴보면 소포클레스의 것과 세부적으로는 차이가 있는데 이는 세 극작가들이 각기 독창적 해석과 구성으로 오이디푸스 신화를 창작한 결과일 것이며 이는 또한『오이디푸스 왕』의 원전을 정확하게 논하기 어렵다는 사실을 입증해준다. 참고로 아이스킬로스와 에우리피데스의 작품 내용을 소개하면 다음과 같다.

아이스킬로스의『오이디푸스 왕』은 4부작에 포함되어 있었으나 온전한 형태가 전해지지 않고 있다. 남겨진 문서의 파편들 중에서 유추한 줄거리는 다음과 같다. 라이오스는 도시를 구하려면 자식 없이 살다 죽어야 한다는 델피의 신탁을 받았다. 그러나 욕정에 못 이겨 오이디푸스를 낳고는 그를 내버리려 했다. 어떻게 살아남은 오이디푸스는 삼거리 길목에서 부친을 죽이게 된다. 테바이에 와서는 수수께끼를 맞춤으로 스핑크스를 퇴치하여 이오카스테와 결혼하고 존경받는 왕이 된다. 그리고 아들 둘을 낳는다. 그의 부친살해와 모친간음죄가 드러나게 되고 고뇌 속에서 오이디푸스는 스스로 눈을 멀게 하고 근친상간으로 낳은 두 아들에게 그들이 칼로 세습재산을 분배하게 될 것이라고 저주한다.

에우리피데스의『오이디푸스 왕』에서는 왕이 자기 손이 아니라 라이오스의 하인들의 손에 의해 눈이 멀게 된다. 한편 에우리피데스의

『페니키아의 여인들』(The Phoenician Women)에서는 이오카스테의 독백을 통해 역시 오이디푸스의 이야기가 소개되는데 소포클레스의 작품과 다른 부분만 소개하면 다음과 같다. 즉 라이오스 왕이 포시스에서 아들인 오이디푸스와 만날 때 오이디푸스는 자신의 친부모가 누구인지 알기 위해서 길을 떠났고 라이오스는 자신의 버린 아들이 살아 있는지 알기 위해 길을 나섰다가 둘이 만났다는 것, 스핑크스를 퇴치한 공으로 오이디푸스는 왕비와 결혼하여 아들 둘, 딸 둘을 낳고 그의 천륜을 거슬린 죄가 드러나자 스스로 두 눈을 찔러 비참한 지경에 이르게 되며, 그의 두 아들은 성장하자 아버지를 감금해버려 세상 사람들에게 그의 운명이 드러나지 못하게 했다는 것, 그러자 오이디푸스는 집안이 칼로 나뉘게 될 것이라고 아들들을 저주했으며 아들들은 그 저주가 이루어지지 않게 하려고 번갈아 한 아들은 왕위에 오르고 다른 아들은 유랑길에 오르기로 약속하고 먼저 장자가 왕위에 올랐는데 이듬해 그가 왕위를 내주지 않으려 하자 형제간에 싸움이 붙었다는 것, 이에 어머니인 이오카스테는 형제가 싸우지 않고 평화롭게 조약을 맺도록 설득하려 한다는 내용 등이 소포클레스의 작품과 다르다.

■ 주제

1) 자기정체 탐색의 과정

소포클레스의 『오이디푸스 왕』은 약 2,500년 전의 작품이다. 2,500

년이 흘렀음에도 오이
디푸스가 겪었던 자기
정체 탐색의 고통과 그
의 장엄한 패배는 결코
빛이 사그러 들지 않았
다. 이유는 무엇일까?
그것은 오이디푸스의
고통, 그의 문제가 바로
인간 본연의 문제, 인간
삶의 기본 조건을 건드
리는 문제이기 때문이
다.

"오이디푸스 왕" 혹
은 "오이디푸스 티라느
스"는 그 이름이 말해
주듯 모순된 두 자아를
대변한다. 오이디푸스
는 "부어오른 발"을 의
미한다. 라이오스와 이
오카스테의 아들로서

구스타브 모로의 「오이디푸스와 스핑크스」
오이디푸스와 스핑크스의 수수께끼 겨루기는
오이디푸스의 승리로 끝났다.

무서운 신탁을 듣고 그 부모가 발꿈치를 핀으로 꿰고 묶어 산에 내버
린 불행한 아이가 바로 "오이디푸스"라는 이름에 내포되어 있다. 그것

은 슬픔, 불행, 부끄러움, 상처, 아픔, 연약함, 비천함을 포함한다고 볼 수 있다. 이렇듯 내버렸다 주어온 아이가 오이디푸스인 바 그러므로 그의 내적 자아는 "주워온 아이"라 할 수 있다.

오이디푸스의 내적 자아가 "주워온 아이"라면 외적 자아는 테베의 "왕" 혹은 "전제군주"로서의 당당한 모습이다. 코린트 왕의 아들로서 왕자로 자라 스핑크스를 물리치고 이오카스테와 결혼하여 성공적 통치를 한 패기만만한 왕이 바로 오이디푸스의 외적 자아라 할 수 있다. 왕 혹은 전제군주로서의 그의 모습 속에는 번영과 힘, 부와 명예, 건강, 젊음 등 만인으로부터 존경받는 자의 부러울 것 없는 자랑과 만족이 포함되어 있다. 기원 전 5세기 그리스인들에게 있어 "티라누스"는 "신적 권위", "신의 힘" 같은 것을 상징했는 바 작품 초반에 등장하는 오이디푸스의 모습은 이와 합치된 모습이다. 그에게 탄원하는 제우스 사제들의 태도에는 그들의 왕이 재난으로부터 그들을 구해줄 것이라는 절대적 신뢰를 보이고 있으며, 왕 역시 이를 당연히 자신의 몫으로, 자신의 책무로 받아들이는 바 바로 오이디푸스가 신적 위치의 "티라누스"임을 말해준다 하겠다. 여하튼, 힘, 번영, 성공에 있어 신에 비견되는 "티라누스"로서의 오이디푸스의 외적 자아와 비천하고 연약하며 상처 입은 "주어 기른 아이"로서의 오이디푸스의 내적 자아는 상호 거리감 있고 모순되지만 결국 하나의 자아인 바 이 모순되고 분리된 자아가 약 한 세대 뒤에 쨍그렁 소리와 함께 엄청난 충격 속에 합쳐지게 된다. 여하튼 왕이며 전제군주인 오이디푸스는 "주어온 아이"로서의 숨겨져 있던 내적 자아를 발견하고 자신의 참 정체를 찾으며 화려하고 행복한 현재의 자신의 모습 너머, 아니 그 밑 깊숙이 가장 부끄럽고 비참한 죄인의 모습을 발견하게 된다. 즉 현재의 화려한 행복은 환영일 뿐이며 실제 자신의 참 모습은 누구보다 비참하고 불행한 죄인의 모습임을 발견하는 것이다. 작품의 약 4/5는 오이디푸스의 이러한 자아탐색 과정인 바 자신이 아무것도 아니라는 자기정체 발견이 곧 그의 참 자아발견이며 그가 줄기차게 추구한 진실의 내용이라고 할 수 있다.

2) 오이디푸스의 결함

오이디푸스는 숨겨진 자기정체를 발견하고 이를 전면 수용한다. 그리하여 권력과 부, 행복의 정상에서 단번에 유랑하는 눈 먼 걸인의 신세로 전락한다. 아리스토텔레스가 말한 바 위대한 인간이 인간적 연약함 혹은 실수로 인해 몰락할 때 그가 겪는 슬픔과 고통에 대해 우리가 연민과 고통을 느끼게 된다는 그 비극의 전형을 오이디푸스의 운명에서 발견할 수 있는 것이다. 그렇다면 오이디푸스의 비극의 원인이 되는 성격적 결함 혹은 실수는 무엇일까.

오이디푸스의 결함으로는 첫째 성급함 혹은 충동적 분노를 꼽을 수 있다. 테베로 오는 삼거리에서 라이오스 왕과 언쟁이 벌어졌을 때 비록 라이오스가 그를 먼저 쳤다고는 하나 신탁의 경고에도 불구하고 혈기에 못 이겨 그를 죽인 것은 성급함이 부른 치명적 실수였다. 또한 테이레시아스가 라이오스 왕의 살해자 이름을 밝히지 않을 때 그를 비난하며 라이오스 살해에 결탁된 범인으로 모는 것은 사춘기의 소년도 아니고 성숙한 왕으로서의 그에게 전혀 어울리지 않는 충동적 모습이다. 게다가 크레온을 대뜸 자신의 생명과 왕위를 노리는 반역자로 몰아붙이는 행위 역시 경솔하고 성급한 행위라 하겠다.

그의 또 하나의 성격적 결함으로 교만을 들 수 있다. 그의 교만의 제일 근거는 스핑크스의 수수께끼를 풀었다는 지적 능력에서 비롯되었다. 그는 만인 위에 군림하는 테베의 왕이다. 그를 왕 되게 한 것은 바로 스핑크스의 수수께끼를 푼 능력, 그 업적으로부터 왔다. 제우스 사제로 대변되는 테베의 시민들도 이를 절대적으로, 또 우선적으로 인정하여 작품 초반에서 그에게 간청하러 왔을 때도 그들을 18년 전에 구했던 그 능력으로 이번에도 그들을 재난으로부터 구해줄 것을 간청한다. 오이디푸스 자신도 그 사건이 가져다 준 자신감이 너무 투철하여 자신의 힘으로 반드시 이 문제를 해결할 수 있을 것임을 호언하는데 이는 스스로를 모르는데서 오는 무지의 소치이자 교만의 결과라 하겠다. 그는 스스로를 신의 특별한 도움으로 지혜를 얻은, 남들과는 좀 다른 인물로 생각한다. 맹인 예언자 테이레시아스와 언쟁할 때에도 테이레시아스조차도 스핑크스의 수수께끼를 풀지 못했는데, "그 때 내가, 아무것도 모르는 내가 와서 그저 내 기지로 괴물을 눌러버렸소."라고 말하는 데 우직할 정도로 단순한 그의 어조에서 자신에게 내재된 지적 능력을 의심 없이 믿는 확신, 자신은 남들과 다르다는 우월 의식을 분명히 엿볼 수 있다. 또한 자신의 신분을 확실하게 알기 위해 옛날 라이오스 왕의 하인을 부르러 사람을 보낼 때 코러스와 이오카스테가 더 이상 이 일을 추진하지 말 것을 간곡히 권한다. 그러나 오이디푸스는 "나는 행운의 아들이요, 선을 나눠주는 자다. 아무리 비천한 신분이라 할 지라도 나는 내 신분의 뿌리를 찾겠노라"고 흔들림 없이 고집한다. 한편으로 진실을 밝히려는 성실성과 용기가 돋보이는 장면이기도 하나 행운의 아들로서의 자신에 대한 자만심, 어떠한 비천한 신분이라도 능히 극복할 수 있다는 자기확신에 찬 교만을 볼 수 있다. 바로 그 뒤의 결과—하인이 들려준 자신의 출생비밀과 그에 따른 엄청난 고통—는 호언장담한 오이디푸스가 상상치도 못한 사실이고 또 감당키 어려운 충격인 바 바로 한 순간 뒤의 결과를 통해서도 작가는 오이디푸스의 무지와 그 무지로 인한 교만을 보여주고 있는 것이다.

3) 신의 뜻과 인간의 자유의지 : 죄 혹은 무죄의 문제

위에서 살핀 성급함과 오만은 그러나 보통 사람들에게서 흔히 발견할 수 있는 일상적 결함이요 실수라고 할 수 있다. 이 같은 결함이나 실수로 그처럼 엄청난 불운의 주인공이 되었다고는 납득하기 어렵다. 왜냐하면 오이디푸스는 가족의 유대관계를 존중하고 신을 경외하며 죄를 멀리 하려는 경외심과 순수성을 지니고 있음이 작품에서 분명히 발견되기 때문이다. 그렇다면 그의 비극, 그의 불운의 원인은 어디서 찾을 수 있을까? 그 해답을 이번에는 우리는 인생에 있어서의 신의 역할의 관점의 측면에서 찾아보려 한다.

이 극은 비록 신학적 이론이나 신학에 대해서 직접적으로 아무 말도 하지 않지만, 또 진지한 자아탐구의 모습을 보여주고 있지만 지적 극이 아니라 종교극이라고 일컬어진다. 소포클레스의 극이 인간과 신의 관계를 다루고 있다는 데 대해서는 많은 평자들이 의견을 함께 한다. 이 작품 안에서는 인간의 생각이 감히 근접 못하는 신의 지배가 놀라운 모습으로 성취되고 있으며 모든 슬픔, 고통 가운데도 모든 변화와 인간 개인의 고통에도 불구하고 여전히 영향력 있는 존재로 남아 있는 위대한 우주질서를 시인이 한 순간도 우리의 시야에서 벗어나게 하고 있지 않다고 말하는 평자도 있다. 위의 모든 말들은 신의 역할의 중요성을 시인 소포클레스가 작품을 통해 설파함을 말해준다 하겠다. 실제 작품 안에서도 소포클레스는 인물들의 입을 통해 오이디푸스의 비극이 신의 섭리에 의한 운명적인 것임을 분명히 말해준다. 오이디푸스 자신이 진상을 알고 난 뒤 "오 제우스여, 당신은 내게 무엇을 하려고 의도하셨나요?"라고 모든 것의 근원이 제우스신임을 토로하고 있고 늙은 하인 역시 왕 앞에 불려 왔을 때 떨면서, "만일 당신이 이 사람이 말하는 그 분이시라면 당신은 저주받은 운명으로 태어나신 것입니다"라고 그의 저주받은 운명을 이야기한다. 사실 역병, 신탁, 테이레시아스의 예언, 아폴로과 제우스의 신비한 능력 등은 모든 재난이 인간의 실수나 결함 때문이라기보다 신들로부터 온다는 것을 암시한다. 그렇다면 오이디푸스는 신들의 맹목적 잔인 때문에 고난받고 멸망하는 가련하고 무력한 운명의 장난감이란 말인가? 그렇지만은 않을 것이다.

아이스킬스와 에우리피데스는 인간의 경외를 받기에 합당한 신은 모름지기 정당하고 선해야 한다고 생각했다. 에우리피데스는 악이 신들로부터 근원한다는 사실을 부인했고, 아이스킬로스는 악을 정당화시키려 했다. 아이스킬로스는 작품 안에서 악의 문제를 풀려고 했고, 인간의 운명을 명징하게 설명, 해석하려 들었다. 그러나 소포클레스는 인간의 극한적 삶의 고통을 설명 없이 그대로 그려 보여주고 있다. 오이디푸스의 비극의 경우에도 운명에 저항하는 가망 없는 인간의 투쟁을 타협 없이 그대로 그려 보여주고 있는 것이다. 그러므로 고난 받는 그의 주인공들의 운명에 간섭하는 신은 때로는 선하고 때로는 악한 모습으로 우리 눈에 비칠 수밖에 없다. 그의 신은 있는 그대로의 상황, 있는 그대로의 우주 자체를 대변하기 때문이다.

소포클레스의 신이 아이스킬로스나 에우리피데스의 신과 달리 주어진 틀 속에 묶이지 않고, 그러므로 인간적 의미로 항상 선하고 정당하다고 볼 수 없는 것이 사실이지만 그러나 그의 신들에게도 큰 질서의 틀이 있는 것 또한 사실이다. 신들은 뜻한 대로 행동한다. 신들의 뜻은 인간이 알기 어렵고 이유를 물어볼 수도 없다. 그러나 인간을 향한 신의 뜻이 있고, 세계를 움직이는 신의 질서가 있는 것이 사실이다. 그리고 그 뜻은 반드시 성취되고 질서는 유지되게 되어있다. 이 신의 뜻이 인간에 의해 저항 받을 때, 다시 말해 인간이 신의 뜻에 항거하고 자신의 운명에 항거하여 세계를 향한 신의 질서가 무너지고 훼손될 때 비극은 시작된다고 평자들은 말한다. 이 때 질서를 훼손한 인간은 합당한 대가를 치름으로써 죄 값을 갚고 우주와 세계 질서는 다시 회복되며 인간을 향한 신의 의지는 결국 성취되고야 만다. 그러므로 소포클레스의 작품 안에서 비극의 주인공들은 그들의 성격적 결함이나 실수 때문보다도 신의 뜻을 소홀히 여기고 어김으로 인해 고통과 불행을 당한다고 말할 수 있다.

두 번째로 생각할 점은 소포클레스의 극에서 우주와 인간의 삶을 크게 좌우하는 것은 분명 신의 의지이나 신은 강권적으로 인간 삶에 개입하고 간섭하지는 않는다는 것이다. 신은 앞일을 예고하나 명령하지는 않는다. 오이디푸스 일가의 비극의 경우에도 아폴로 신을 통해 무서운 신탁이 내려졌고 이는 반드시 성취될 것이나 그 성취는 라이오스와 오이디푸스, 이오카스테 등의 신탁을 소홀히 생각하는 외경심 부족과 그들 자신의 내재된 연약함을 통해, 그들 자신의 행위를 통해 성취되었다는 점이다. 오이디푸스 자신도 이것을 인정하여 "내게 고통과 고난을 가져다 준 것은 아폴로 신이다. 그러나 그를 친 것은 분명 나 자신의 손인 것이다"라고 모든 것을 아폴로에게만 돌리지 않고 자신의 책임분량을 인정하고 있다. 이제 오이디푸스 왕의 비극을 아버지인 라이오스로 거슬러 올라가 그 원인과 과정을 살피기로 한다. 오이디푸스의 비극은 개인의 비극이 아니라 아버지로부터 계승된 가문적 저주요, 불운이었다. 라이오스 왕은 펠롭스(Pelops)의 아들인 크리시포스(Chrysippus)를 유괴한다. 아폴로 신은 그에게 만일 이오카스테와 결혼하면 그 아들에 의해 살해될 것이란 경고를 준다. 그러나 이 경고를 무시하고 그는 이오카스테와 결혼하고 아들을 낳자 그의 발목을 핀으로 꿰고 묶어 하인에게 주며 키테론(Cithaeron) 산에 버리라고 명령한다. 여기서 라이오스 왕의 두 가지 죄, 즉 신의 경고를 소홀히 여기고 이오카스테와 결혼한 점, 또 아기를 죽도록 만든 살인 의도 (실제 죽지는 않았으나) 를 지적할 수 있다.

코린트(Corinth)의 왕자로 성장한 오이디푸스는 잔치 자리에서 우연히 "사생아"란 말을 듣고 자신의 신원을 확인하고자 델피에 간다. 그러나 그 곳에서 그는 자신의 출생 비밀 대신 "아버지를 죽이고 어머니와 결혼할 것"이라는 무서운 신탁을 받는다. 이 새로운 예언의 공포가 양친에 대한 문제를 그의 머리 속에서 완전히 몰아내었을 것이라고 일반적으로 생각할 수 있다. 그러나 잔치장면의 사건을 그가 완전히 망각하지 않았다면 델피를 떠날 때 그의 마음을 가장 사로잡은 문제는 자신이 흉악한 죄에서 피하려면 코린트를 떠나야 하는 것이 아니라 나이 많은 사람을 죽여서 안 되며, 또 나이 많은 여인과 결혼해서도 안 된다는 두 가지 원칙이 아니었겠는가 추정할 수 있다. 그 뒤 얼마의 시간이 흐른 뒤 삼거리에서 그는 성난 중년남자의 얼굴을 눈앞에 보게 되고 언쟁 끝에 중년의 남자가 먼저 그를 쳤으므로 젊은 혈기를 못 이기고 중년 남자를 죽인다. 이 사람이 그의 부친이라는 사실은 불가능하다 할 만큼 믿을 수 없는 우연이었다. 그러나 신탁을 존중했다면 그는 이러한 모험을 하지 말았어야 했다.

여하튼 나이 많은 남자를 죽여서는 안 되는데 얼떨결에 그는 나이 많은 남자를 죽였다. 다음 순간 자신의 경솔함을 깨닫고 그가 죽은 자의 얼굴을 자신과 닮은 점이 있나 확인하기 위해 들여다보았을 수도 있다. 그 뒤 테베 시에 들어와 왕의 서거소식을 들었을 때 (그리스인들은 모든 것에 대해 되풀이 말하는 습관이 있다) 그는 자신이 그 살인자라는 것을 이내 알았을 수 있다. 스핑크스에 도전할 때 그 상급은 여왕과의 결혼이었다. 그는 여왕의 나이가 몇인지 물어보았을 것이며 또 혹시 18년 전에 아들을 두었는지의 여부도 물어보았을 수 있다. 그렇다면 이 모험은 끔찍한 모험이며 당연히 포기했어야 했다. 그런데 그는 왜 포기하지 않았을까? 그는 신탁을 존중하는 마음이 희미했고 대신 잔치 자리에서의 "사생아"란 말이 머리에서 사라지지 않았기 때문이다. 다시 말해 여왕과의 결혼으로 명예를 얻어서 "사생아"의 모욕을 씻고 싶었던 것이다. 그가 출신 가문에 민감하다는 사실은 다음의 사실을 통해서도 확인할 수 있다. 코린트의 사자로부터 그의 친부모가 폴리보스(Polybus)와 메로페(Merope)가 아니라는 말을 듣고 오이디푸스는 자신의 출생의 비밀을 알고자 그 옛날 어린 그를 코린트의 양치기에게 넘겨준 라이오스 왕의 옛 신하인 양치기를 부르러 보낸다. 이때 이오카스테가 이 일을 그만 추진할 것을 간청하다가 소용이 없음을 깨닫고 비탄의 절규를 외치며 왕궁으로 뛰어 들어간다. 오이디푸스는 자신의 비천한 신분이 드러날 것을 두려워해서 그녀가 출신 신분을 캐는 것을 반대하는 것으로 생각한다. 이러한 부분은 그가 자신의 출생 신분에 매우 민감하다는 면을 드러내 주는 부분이라고 하겠다.

이오카스테의 경우도 만일 그녀가 19년 전의 신탁을 믿었더라면 남편이 미지의 강도들에게 살해당했다는 말을 들었을 때 그녀의 아들이 멀리 있지 않다는 것을 인지했을 터이고 또 18세의 방랑하는 외국인이 스핑크스의 정복자로 왔을 때—그것도 남편의 죽음과 거의 같은 시기에—죽은 남편과의 닮은 모습을 정복자에게서 보았을 수도 있다. 무엇보다도 오이디푸스의 가장 큰 특징인 "부어오른 발"의 상처가 그녀로 하여금 옛날 일을 상기시켰을 수도 있다. 여하튼 두 사람은 서로 사랑하며 자신들의 결혼이 합법적 결혼임을 믿는 그 가능성을 믿고 또 자신들의 과거를 고통 없고 만족스런 것으로 받아들이며 행복하게 살았다. 그러나 그 속에는 위험한 구석이 내포되어 있었고 그것을 계속 추구해 들어가면 망각의 심연 속으로 빠져드는데 그런 것들을 들추어내기에는 그들 삶의 일상이 너무 분주했는지도 모른다. 이렇듯 신의 뜻을 소홀히 여기는 마음 때문에 그리고 여기에 무지와 경솔, 설마 하는 안이한 마음, 야심 그리고 육신의 정욕 등이 순간 순간 함께 작용하여 이들은 무서운 죄를 피하기 위해서 마땅히 지켜야 할 사항들을 지키지 못했던 것이고, 그러나 의식 밑바닥에는 명확하지는 않으나 어떤 불안과 두려움이 자리잡고 있었을 것이다. 이오카스테가 신탁을 믿을 수 없다고 말하며 라이오스 왕이 살해된 사실에 대해 이야기 할 때 오이디푸스는 "삼거리에서 강도들에 의해 죽임 당했다."는 구절에 집착한다. 실은 이보다 "발목을 꿰어 묶어서 버렸다."는 대목이 훨씬 핵심을 건드리는 부분인데 이 부분은 지나치고 삼거리에만 집착하는 바 아마도 "발목" 이야기가 그가 내심 가장 두려워하고 의식했던 부분이기 때문인지도 모른다. 코린트에서 온 사자가 "상처 입은 발"을 언급하며 "당신의 발이 핀에 꿰어져 있었고 내가 그것을 빼주었지요"라고 말하자 오이디푸스는 자신의 상처 입은 발에 대해 "요람부터 따라다녔던 그 끔찍한 수치"라고 말한다. 어린 시절부터 그의 이름이 가리키는 바 "발의 상처"를 쓰라린 마음으로 그가 계속 의식해왔음을 알 수 있다. 그러므로 이오카스테가 말한 이 부분을 그가 그냥 간과하고 삼거리에만 집착한다는 것은 오히려 의식적으로 불안하게 여겼던 부분을 피했다고 볼 수도 있는 것이다. 사실 나그네에 의해서가 아니라 강도들에 의해서 라이오스 왕이 살해되었다는 말은 이 시점에서 오이디푸스가 희망을 걸 수 있는 유일한 피난처였을지도 모른다. 여하튼 소포클레스의 극에서 아폴로의 뜻은 어김없이 이루어지며 이 뜻을 거스르고 순응치 않은 인간은 예정된 징벌을 받게 되어 있는 바 그러나 그 과정이 신의 강권적 간섭 혹은 명령에 의해서가 아니라 신의 뜻을 거스른 인간의 자유의지와 행위, 실수, 무지 등 정상과정을 통해 이루어지고 있다고 말할 수 있는 것이다.

오이디푸스의 엄청난 비극은 신의 뜻을 거스른 자가 겪는 불운과 고통이라고 볼 수 있으나 또 한 편으로는 자연 법칙의 훼손자가 마땅히 치러야 할 징벌이라는 관점에서도 생각해 볼 수 있다. 오이디푸스는 무서운 죄, 인간 본성과 자연 법칙에 가장 거슬리는 두 가지 죄를 부지중 저질렀다. 행위자의 의도 없이 부지중 저질렀으므로 도덕적으로 결백하다고 볼 수도 있을 것이다. 그러나 객관적으로 볼 때 엄연히 자연 질서가 파괴되고 오염된 것을 부인할 수 없다. 질서가 파괴될 때 파괴자는 그의 의도 혹은 동기와 관계없이 마땅히 책임을 져야 함이 자연법칙의 대 원칙이다. 차를 몰고 가다가 사람을 치어 죽게 했을 경우 운전자는 그의 의도와 무관하게 한 생명을 죽게 만든 책임을 져야 한다. 어떤 법정도 그 운전자를 무죄로 판정할 수 없을 것이다. 하물며 오이디푸스가 저지른 죄는 가장 극악한 공포를 불러일으키는 죄일 뿐 아니라 엄격한 가부장제하의 고대 그리스인들에게는 오늘날 우리가 생각하는 이상으로 극악한 죄였다. 플라톤(Platon)은 『법』이라는 저서에서 "부친 살해자는 죽여서 시체를 도시 밖 네거리에 벌거벗겨 놓아 두고 모든 국가 공무원이 그 위에 돌을 던지며, 매장할 수도 없다"고 말하고 있다. 근친상간의 죄에 대해서도 그리스인들에게는 가족 간의 유대가 우리보다 더 강하게 묶여 있어 그 오염은 우리가 느끼는 것보다 더 심각하다. 아테네 인은 아내나, 어머니 혹은 누이가 간통 당하는 현장을 보면 상대방을 죽이는 것이 정당하게 인정받을 만큼, 또 부정한 아내를 도로 취하려면 시민 박탈권의 벌이 따를 만큼 피의 순결을 존중했다 한다. 이런 배경을 생각할 때 오이디푸스가 저지른 죄는 비록 의도적이지 않았다고 해도 자연법칙의 신성함과 인간의 본성을 가장 극악하게 파괴시키고 오염시킨 죄이다. 그러므로 책임을 당연히 져야 할 것이며 비록 테베 시민들이 그를 결백하다고 용서했다 할 지라도 이미 질서가 오염되고 훼손된 객관적 현실 앞에 그 자신이 스스로를 용서할 수 없었을 것이다. 그가 스스로 두 눈을 뽑고 나라에서 내어쫓기는 벌을 스스로에게 지운 것은 죄에 합당한 징벌을 스스로에게 내린 것이라 하겠다.

등장인물 분석

현대의 독자 혹은 청중들이 이 작품을 접근하는 가장 손쉬운 방법은 합리주의 혹은 이성주의의 관점에서 보는 것일 것이다. 왜냐하면 오늘날은 합리주의가 어느 때보다도 왕성하게 추구되고 또 압도적인 성공을 거두는 때이기 때문이다. 중심 인물 세 사람을 중심으로 합리주의의 관점에서 등장인물들을 분석, 평가해 보려 한다.

■ 오이디푸스

오이디푸스는 작품 안에서 분명히 악한 인물로 나오지 않는다. 그는 정당한 왕으로 나라를 다스렸으며 성공적으로 통치했다. 그보다도 그는 테베 시를 구한 구원자로서 평가되고 있었다. 그가 처음 테베 시에 젊은 나그네로서 도착했을 때 도시는 왕이 피살되어 통치자가 없는 상태였다. 도시는 또한 이때 악몽에 시달리고 있었다. 스핑크스가 이 도시를 괴롭히고 있었던 바 그녀가 내는 수수께끼를 정확히 맞춤으로써만 괴물을 퇴치할 수 있었던 것이다. 오이디푸스가 정답을 맞추었고 스핑크스를 물리쳤다. 영웅으로 환영받은 오이디푸스는 여왕과 결혼하고 테베의 왕이 되었다.

이 비극의 의미를 이해하기 위해서는 이 모든 사실을 우리는 알아야 한다. 스핑크스에게 답변할 때 오이디푸스는 아무 것에도 도움 받지 않고 자신의 정신력만으로 불합리한 어둠의 세력을 쫓아내었다. 그러나 인간의 지성은 한계가 있는 것이며 운명이란 결국 불가해한 것이다. 인간이 이성을 최대한으로 사용해야 한다는 말은 옳은 말이며 소포클레스도 분명히 이성이란 좋은 것이며 또 마땅히 사용되어져야한다는 오이디푸스의 태도를 한껏 인정해주고 있다. 그러나 오이디푸스는 테이레시아스와 크레온과의 대화에서 드러나듯이 자신의 성공에 너무 자만했고 자신의 힘과 결백을 너무 믿었던 것이다.

그렇다고 오이디푸스의 죄를 강조하려고 하는 것은 아니다. 오이디푸스는 신들을 경외하며 어려운 일에 처할 때 델피의 신탁에 호소한다. 극이 시작될 때 이미 그는 예언자 테이레시아스를 부르러 보낸 터였다. 그렇다면 일반적인 견지에서 그는 좋은 사람이고 그의 행위는 이성적이고 이해할만하다고 할 수 있다. 여기서 강조하고자 하는 바는 오이디푸스의 악함이 아니라 그가 표본적으로 보여주는 태도의 성격이다.

극이 시작되며 테베의 시민들이 오이디푸스에게 찾아와 호소할 때 문제가 되는 것은 시민들의 안녕 만이 아니라 오이디푸스 자신의 평판이었다. 제우스 신의 제사장이 "폐하의 명성을 지키소서. 왜냐하면 이 나라 백성들은 폐하를 구원자로 부르고 있으니까요" 라고 주장하듯이 그들은 그에게 한번 더 그들을 재난으로부터 구해주기를 바랐던 것이다. 또 오이디푸스가 왜 라이오스의 피살이 즉시 조사되지 않았는가 물

었을 때 크레온
이 설명하기를
왕의 피살사건
바로 뒤에 스핑
크스로 인한 혼
란이 그들로 하
여금 지나간 액
운을 그냥 내버
려두고 문 앞에
닥친 일부터 생
각하게 만들었다
고 말하는데 그
의 젊은 날의 승
리를 상기시켜주
는 이러한 말들

스핑크스의 수수께끼를 풀지 못하여 살해당한 시체들

을 듣고 오이디푸스는 "내가 다시 시작해서 어두움에 쌓인 문제를 명
백히 밝히겠노라"고 말한다. 이는 자연스러운 언급이고 당시의 상황
하에서 자만이라고 볼 수 없을지 모르나 "나"를 강조한 것이 오이디푸
스의 탐색의 결과를 알고 있는 청중에게는 특별하게 아이로닉한 효과
를 자아낸다. 코러스가 신들에게 구원해달라고 기도할 때 오이디푸스
는 기도도 좋고 희생제사를 드려야함도 인정하지만 그 기도의 성취는
시민들이 그의 말을 잘 듣고 따를 때 이루어진다고 말한다. 그의 이 말

도 자연스럽다. 그러나 자신의 능력을 믿는 자기만족이 드러나고 있고 이는 극이 진행됨에 따라 점차 더 중요해지게 된다.

살해자 탐색을 하는 오이디푸스의 태도에 대한 그 다음 힌트는 살해자가 나타나 자백하라는 공식적 호소와 만일 나타나지 않을 경우 살해자에게 임할 저주를 선포하는 대목을 통해 나타난다. 오이디푸스는 자신이 선포한 저주가 살해자를 끌어낼 것이라고 정말로 기대하고 있었을까? 분명히 아닌 것이다. 왜냐하면 살해자가 저주의 공포 앞에 움츠러들겠다고 코러스가 말하자 그는 살인 행위 자체에서 움츠러들지 않는 자가 말에 겁을 먹을 리 없다고 대답하기 때문이다. 그렇다면 살해자에 대한 호소는 형식적이었던 것을 알 수 있다. 분명히 오이디푸스는 그 자신 증거를 수집하고 면밀히 조사함으로써 결과를 얻을 것을 기대했던 것이다. 이 작업에서 그는 대단히 철저하고 생각할 수 있는 모든 가능한 절차를 다 밟아가고 있다. 도움을 줄 수 있는 일이라면 어떤 일이라도 하려드는 정력적이고 실제적 리더로 나타나는 것이다. 그러나 오이디푸스가 실제로 의지하는 것은 저주도, 탄원도 아니고 그 자신의 이성적 힘, 스핑크스를 물리친 그 힘이었던 것이다.

그의 근면과 자신의 결백과 선한 의도를 믿는 자의식으로 말미암아 그에게 한가지 맹점이 드러난다. 곧 어떠한 증거라도 자신에게 향해 겨냥될 때 조금이라도 용납하지 못하는 것이다. 또한 증인들이 머뭇거리거나 지연하는 것을 조금도 참지 못한다. 테이레시아스가 말하기를 꺼려하자 그는 당장 최악의 동기를 그에게 부여하고 또 크레온을 향해서도 극단적으로 이성을 잃어 가능한 최악의 동기를 부여하는 것이다.

오이디푸스의 모든 행동은 자연스럽게 나타나고 있고 그러므로 어느 누구도 그의 입장에 서면 자신을 겨냥한 비난에 불같이 노할 수밖에 없다고 생각할 수도 있으나 그렇다고 해도 오이디푸스가 인간의 이성의 힘, 자신의 이성의 힘을 지나치게 믿는 자신감에 빠져있음을 부인할 수는 없다. 사실 그는 테이레시아스를 예언자로서 절대적으로 신뢰한 적은 한번도 없었다. 그렇기 때문에 테이레시아스가 죄목을 조작해 그에게 덮어씌운다고 그리도 쉽게 납득했던 것이다. 그는 아무런 도움 없이 스핑크스의 수수께끼를 푼 자신의 능력에 대해 너무 자만하고 있었다. 왜냐하면 스핑크스의 수수께끼를 답하지 못한데 대해 테이레시아스를 비난하며 "아무것도 모르는 내가, 예언의 새들의 도움도 없이 내 기지만으로 답을 알아내었지"라고 자랑스레 말하는 것이다. 크레온과의 성난 대화 속에서 오이디푸스는 비이성적이고, 의심 많고, 고집스런—바로 이성적 인간의 특성과는 너무나 거리가 먼 모습을 보인다. 모순되게도 이러한 면모는 바로 오이디푸스가 자신의 이성을 너무 믿는 그의 자신감에서 솟아난 것이다. 자신의 합리적 사고의 견지에서 볼 때 그의 분노는 정당한 것이다. 오이디푸스는 명철한 정신의 소유자였고 이성적 판단자였다. 그러나 그는 크레온이 지적하듯 현명하지 못했던 것이다. 인간사에 있어 사실에 대한 가장 논리적 설명이 반드시 바른 해답이 아닐 수 있음을 그는 깨닫지 못했던 것이다. 진실을 알기까지 만족하지 않는 그의 열정적인 진리탐구의 정신, 이성을 믿는 그의 태도는 세 차례 주변의 충고—테이레시아스, 코러스, 이오카스테—에도 불구하고 한 순간도 그를 지체시키지 않는다. 진실에 도달하는 자신의 능력을 믿는 그는 진실에 열정적 헌신을 하는 것이다. 의심이 한번 일어날 때 그 의심을 그는 잠재우기를 거부하는 것이다.

■ 크레온

크레온은 지위나 권력에 있어 왕 다음가는 사람으로 나온다. 왕위를 노린다는 비난을 오이디푸스로부터 받고 그는 자신이 왕관을 쓴다고 얻을 것이 더 없다는 점을 분명히 말한다. 왜냐하면 사람들은 왕에게 탄원할 때면 먼저 그에게 도움을 요청하고 있으므로 사람들이 싫어하는 결정을 책임지지 않고서도 그는 만인의 친구가 될 수 있기 때문이다. 테이레시아스와 달리 그는 오이디푸스가 그를 잘못 비난할 때도 흥분하지 않고 온건한 태도와 이성적이며 평정한 상태를 견지하고 있다. 그런 행동은 그가 평안하고 자신의 정당함에 대한 확신에 차 있고 아마도 너무 늦기 전에 변호 받을 것이라는 확신이 있음을 보여준다. 물론 마지막 장면에서 나타난 증거로 확인되지 않았다면 이러한 태도는 한낱 논쟁에서의 고도의 기술과 논리적 침착성을 나타내주는 것이 될 수도 있다. 마지막 장면에서 그는 최고의 통제력을 지닌 인물로 나타난다. 그의 사회 내에서의 명예에 따른 프레미엄과 오이디푸스 왕으로부터 당한 모욕 등을 고려할 때 약간의 복수가 예상되며 그렇다 해도 인정될 터임에도 그는 복수하지 않는다. 차분한 권위로 다시 나타난 그는 자녀들이 보고 싶다는 오이디푸스의 소망을 들어줄 뿐 아니라 예견까지 하며 그런가하면 유배시 자녀들이 그를 동행하게 해달라는 오이디푸스의 청은 단호하게 거부하는 것이다. 권력에 대한 야심이 없다는 그의 맹세는 신의 음성을 듣기까지 오이디푸스의 유배를 연기하는 모습을 통해서도 확인되고 있다. 요컨대 그의 도덕적 성실성은 완전하고 완벽해 보인다.

■ 이오카스테

크레온과 달리 이오카스테는 고결한 원칙도 일관성 있는 원칙도 보여주지 못하고 있다. 처음 등장하며 그녀는 오이디푸스와 크레온 간의 싸움을 중재하려하고 크레온의 도움으로 그 시도에 성공한다. 그러나 그녀가 그렇게 한 이유는 진실을 위해서라기보다 가정의 평화를 위한 단순한 바람 때문이었다. 그 장면의 마지막에서 그녀는 오이디푸스에게 예언이란 믿을 것이 못되며 실상 예언은 거짓말에 불과하다는 점을 다시 확인시키려 든다. 이 때도 그녀의 동기는 어떤 강한 신념에서부터 나온 것이 아니라 오이디푸스의 마음을 편안하게 해주어 그를 행복하게 해 주려는 욕망에서부터 분출된 것으로 보인다. 신탁에 대해 회의적이면서도 아폴로 신에게 기도 드리는 모습은 단지 종교에 대한 전통적 태도만을 보여주고 있다.

그녀가 위기에 봉착하는 장면은 코린트의 사자가 등장하는 장면이다. 이 장면에서 그녀는 자신과 오이디푸스의 관계에 대한 진실을 알게 되는데 오이디푸스가 이 진실을 알기 전 그녀는 오이디푸스에게 양친이 누구이며 자신이 누구인가를 알기 위한 탐색을 멈추라고 애원한다. 양치기가 들어오기까지 오이디푸스는 이오카스테가 인지한 그 관계를 알아차리지 못한다. 오이디푸스가 진실을 추구하는 것을 중단시키려는 그녀의 시도는 신탁에 대한 태도와 같이 그 동기가 원칙이 아님을 보여준다. 만일 오이디푸스가 탐색을 중단한다면 비밀은 그녀 스스로만 간직할 것임을 암시하는 부분이 없지 않다. 그러나 이는 오직 추측일 뿐이다. 크레온과 비교할 때 이오카스테는 위대한 도덕적 성실성을 가지고 있다거나 내적 인격의 힘을 가지고 있다고 보기 어렵다. 이는 그녀의 자살을 통해 가장 잘 입증되고 있다. 그녀는 자신의 상황의 실재를 알기 무섭게 그로부터 도망한 것이다.

■ 테이레시아스

테베의 왕들을 충언과 조언으로 이끌어 온 소경 예언자. 오이디푸스에게서 모욕과 비난을 받고 홧김에 오이디푸스의 비참한 운명과 앞으로 그에게 닥칠 일 등을 이야기한다. 테베의 전설을 다루는 그리스 비극에서는 이 테이레시아스가 자주 등장한다

■ 코린트의 사자

코린트 왕가의 소식을 오이디푸스에게 가지고 온다.

■ 양치기

한 때 라이오스 왕가에서 일했던 목동.

■ 코러스

테베 원로들로 구성된 합창단 혹은 그 리더이다. 극의 사건에 관해 언급하며 비극적 진행 과정에 반응을 나타낸다.

에피소드별 내용 분석과 해설

■ 프롤로그

1) 내용요약

극이 시작되며 테베의 오이디푸스 왕이 늙은 사제가 이끄는 한 무리의 시민들을 맞는다. 사제는 도시를 강타하는 재난—기근과 질병을 가져오는 대지의 역병—을 설명하며 오이디푸스가 한 때 스핑크스를 물리친 것처럼 다시 한 번 테베 시를 구해줄 것을 간청한다. 오이디푸스는 동정과 관심을 표시하며 이미 처남인 크레온을 보내 신탁을 받아오라고 했다고 말한다. 그 때 크레온이 돌아와 전 왕 라이오스의 살해자를 죽이거나 추방시키면 재난이 멈출 것이라는 신탁을 전한다. 오이디푸스는 살해자를 찾아 도시를 구하기 위해 필요한 조치를 즉시 취하겠노라고 맹세한다.

2) 논평

첫 장면은 극의 문제를 제시하며 비극이 나아갈 방향을 보여준다. (특별히 오이디푸스가 라이오스 왕의 살해자를 찾아 처벌하겠다는 결의를 표명하는데 이 부분이 지닌 극적 아이러니를 주목하기 바란다. 관객들은 모두 오이디푸스 자신이 살해자임을 알고 있으나 무대 위의 극중 인물들은 전혀 모르고 있다.)

신탁은 왕과 그 나라를 동일시한다. 그러므로 왕에게 닥친 재앙이나 혹은 그의 부패는 그의 영토 내에 기근을 불러온다. 이 원칙은 많은 고대국가에 존재했던 것으로서 몇 몇 초기 사회에서는 기근이나 역병이 닥칠 때 국민들이 일어나 왕을 죽이고 보다 순수한 다른 왕을 세움으로 땅을 다시 비옥하게 만들기도 했다. 그러므로 테베 시의 기근, 질병과 죽음 등의 황폐화는 왕의 책임이 분명하다. 오이디푸스는 자신이 바로 부패의 원임임을 모르고 땅을 정결케 할 수 있다고 믿고 이 도전을 받아들인다.

■ 첫 번째 에피소드

1) 내용요약

테베 시민들을 모아놓고 오이디푸스는 라이오스의 살해자를 알고 있는 자는 나서되, 관용을 베풀어 살해자는 사형이 아닌 추방을 당할 것이며 정보제공자에게는 보상을 해주겠노라고 공포한다. 아무도 나서지 않자, 오이디푸스는 자신을 포함하여 누구든 살해자를 숨겨준 자와 살해자에게 저주를 퍼붓는다.

오이디푸스의 소환을 받고 소경 예언자 테이레시아스가 도착하나 왕의 요청에도 불구하고 살해자 수색에 도움을 주는 것을 거절한다. 화가 난 오이디푸스는 그 살해에 테이레시아스 자신이 연루되어 있다고 그를 비난한다. 이에 테이레시아스는 오이디푸스 자신이 그 살해자라고 말한다. 오이디푸스는 노하여 테이레시아스와 크레온이 그를 배반하여 음모를 꾸민 것이 틀림없다고 선언하고 테이레시아스는 오이디푸스의 죄와 그의 운명에 대해 음울한 암시를 준다. 오이디푸스는 마침내 테이레시아스를 내쫓으라고 명한다.

2) 논평

라이오스 왕의 아들이며 살해자라는 오이디푸스의 이중 정체성이 이 에피소드 전체에 걸쳐, 특별히 테이레시아스의 폭로 내용에 면면이 나타난다. (사실 소경 예언자가 오이디푸스가 살해자임을 확언한 것과 오이디푸스 결혼을 두고 말한 미묘한 언급 등은 극의 모든 긴장문제를 완결시키기에 족하다) 비록 소경이나 선견지명이 있는 예언자로서 테이레시아스는 모든 영력의 애매 모호성을 대변한다. 예언은 신탁의 말처럼 지난 뒤에 볼 때만 명백해지는 경향이 있다. 그러나 테이레시아스가 말한 "당신이 지금 찾고 있는 살인자요."는 변명의 여지가 없이 명백한 말이고 그러므로 오이디푸스가 화를 내며 이를 받아들이지 않은 것은 예언의 힘을 거부한 것이라 볼 수 있다. 소포클레스의 청중들은 오이디푸스가 그리스 도시국가 안에서 오랫동안 숭상되어온 보수적 전통을 거부하고 있는 것임을 즉시 이해했을 것이다.

예언자와 예언을 비웃는 태도는 이성적 제안자가 영적 권위를 도전하기 시작한 B.C. 5C의 아테네를 그대로 반영한다고 볼 수 있다. 소포클레스 자신도 미래를 볼 수 있는 소경과, 눈은 떴으나 자신의 과거와 현재를 못 보며 자신의 정체성 자체도 모르는 사람을 대비시켜 복합적 아이러니를 제시함으로써 예언에 관한 보수적 견해를 표현하고 있다.

■ 두 번째 에피소드

1) 내용요약

막이 오르면 크레온이 오이디푸스를 반역하는 음모를 꾀하지 않았노라고 그 사실을 부인한다. 오이디푸스가 화가 나 되풀이 비난하자 크레온은 자신에게 왕좌를 찬탈할 동기가 없음을 합리적으로 설명하며 반역 음모 사실을 다시 부인한다. 왕비이자 크레온의 누이 동생인 이오카스테가 들어와 두 사람의 옥신각신하는 말다툼은 중단되고 왕비는 크레온을 집으로 보낸다.

오이디푸스는 크레온이 (테이레시아스를 통해서) 자신이 라이오스를 죽였다고 비난한다고 계속해서 불평한다. 이오카스테는 그 비난의 근거가 예언자로부터 나왔다는 말을 듣고는 당장 이를 일축한다. 그녀는 누구도 미래를 볼 수 없다고 주장한다. 그 증거로서 그녀의 아들이 아버지를 죽일 것이라는 예언을 들었으나 라이오스가 그 아기를 산에 내버림으로써 그 운명을 피했다고 그녀 자신의 이야기를 들려준다.

라이오스 왕의 피살에 대한 세밀한 이야기를 들은 오이디푸스는 자신이 정말로 살해자인지도 모른다고 걱정하기 시작한다. 이오카스테는 라이오스가 한 사람이 아니라 많은 사람들의 손에 살해된 것이라고 그를 안심시키려 든다. 그럼에도 오이디푸스는 그 피살사건의 살아있는 유일한 증인인 양치기를 불러오도록 명령한다.

2) 논평

이 장면에서 극은 단순한 탐정 이야기에서 심리극으로 전환되는 것을 알 수 있다. 테이레시아스를 거부했음에도 오이디푸스는 이오카스테에게 고백했듯이 예언의 힘을 믿고 있었다. 오이디푸스는 자기 자신에 대해 의심을 품게 만든 두 가지를 회상한다. 하나는 신탁이요, 다른 하나는 술 취한 자로부터 들은 말이었다. 그런데 술 취한 자의 떠든 소리가 오이디푸스 운명에 관한 신탁 내용을 보완, 확인시켜준다는 점을 유의할 필요가 있다.

오이디푸스와 대조적으로 이오카스테는 예언의 힘을 믿지 않는데 그녀의 아들이 남편을 죽일 것이라고 예언했던 신탁의 경우를 증거로 들어 그녀는 오이디푸스를 설득하려 든다. 그러나 그녀가 오이디푸스에게 합리적인 설명을 하며 왜 예언이 엉터리인지를 알려주려 하는 바로 그 과정을 통해서 그녀는 예기치 않게도 그의 기억을 건드리게 된다. 역설적이게도 이오카스테의 회의주의는 오이디푸스로 하여금 아마도 그 예언자의 말이 맞으며 자신이 살해자인지도 모른다는 의심을 갖게 만든 것이다.

■ 세 번째 에피소드

1) 내용요약

이오카스테가 불안한 오이디푸스의 마음에 평정이 있게 해달라고 아폴로 신에게 희생을 드릴 때 코린트로부터 사자가 도착해 폴리보스의 죽음을 알린다. 오이디푸스는 자기가 죽이게 될까 두려워했던 아버지가 자연적 원인으로 사망했다는 소식에 기뻐한다. 그러나 어머니가 아직 생존해 있으므로 그 예언에 대해 여전히 걱정을 한다. 오이디푸스가 걱정하는 소리를 곁에서 무심코 들은 사자는 왕에게 아무 것도 걱정할 필요가 없다고 말한다. 왜냐하면 폴리보스와 메로페는 그의 친부모가 아니기 때문이다. 이 말에 오이디푸스는 뒤통수를 맞은 느낌이 들어 자신의 출생의 진실을 알고자 양치기를 고대한다.

이오카스테는 이제는 오이디푸스가 그녀가 버린 아기이며 예언이 사실로 성취되었음을 깨닫는다. 그녀는 오이디푸스에게 더 이상 이 문제를 캐지 말라고 애원하나 오이디푸스는 듣지 않는다. 그녀는 비명을 지르며 왕궁 안으로 뛰어들어간다.

2) 논평

이 장면은 오이디푸스가 자신의 출생의 비밀에 가까이 다가감에 따라 여러 개의 아이러니를 드러내 보여준다. 가령 코린트에서 온 그 사자는 모순된 소식을 가져다 준다. 즉 그는 오이디푸스에게 "폐하의 아버지가 돌아가셨습니다"라고 말하는데 또 "그 분은 폐하의 아버지가 아니십니다"라고도 말하기 때문이다. 이 에피소드가 시작되는 아폴로 신에게 드리는 희생제도 아이러니를 내포한다. 일찍이 회의주의적 태도를 보였음에도 이오카스테는 아폴로 신에게 향을 피우는 것이다. 아이러니컬하게도 그녀는 예언의 신이며 예언적 진리의 근원인 아폴로 신에게 아폴로 자신이 준 바로 그 예언에 관한 두려움으로부터 오이디푸스를 해방시켜 달라고 탄원하는 것이다.

그러나 사자로부터 폴리보스 왕의 서거 소식을 듣고 그녀는 예언에 대한 원래의 견해로 되돌아간다. 그녀는 심지어 아폴로의 경고는 까맣게 망각한 채 "마음대로 살라"고 경건치 못한 암시를 하면서 오이디푸스가 어머니에 대해 갖고 있는 염려를 무시해 버린다. 그러는 동안 아폴로가 이오카스테의 기도에 응답해주었는지 무시무시한 진실이 압박해오고 있음에도 오이디푸스는 모든 것을 말해줄 양치기를 의기양양한 태도로 소환한다. 이 시점에서 오이디푸스는 비극적 영웅의 몰락에 언제나 선행하는 일종의 자만을 만끽하는 듯이 보인다. 그는 자신이 "모든 좋은 것을 주는 신"인 행운의 여신과 목동과의 사이에서 태어난 아들이라는 (그릇된) 신념에 대해서조차 긍지를 가지고 있는 듯이 보인다. 행운을 여신이라 부르며 오이디푸스는 "운이 우리의 삶을 지배한다"고 생각하는 이오카스테의 미심쩍은 충고를 따르고 있는 것이다.

■ 네 번째 에피소드

1) 내용요약

양치기가 도착하나 알고 있는 것을 말하기 거부한다. 오이디푸스가 폭력을 쓰겠다고 위협하자 비로소 양치기는 오래 전에 그가 죽도록 버리라는 아기를 불쌍해서 명령을 어기고 아기를 살려주었다는 이야기를 털어놓는다. 그리고 마침내 그 아기가 라이오스와 이오카스테의 아들이었음을 실토한다. 이 말을 듣고 오이디푸스는 그가 친아버지를 죽였으며 친어머니와 결혼했음을 깨닫는다. 자신이 저지른 죄가 끔찍해 오이디푸스는 소리지르며 미친 듯이 왕궁 안으로 뛰어들어간다.

2) 논평

이 장면은 극의 절정에 해당한다. 이전의 모든 행동은 이 시점의 진실의 폭로를 향해 움직여 왔으며 그러므로 이 시점은 극의 결과가 결정되는 순간인 것이다. 앞으로 남은 것은 이제 알 것을 안 오이디푸스가 어떤 행동을 할 것인가 그 결과뿐인 것이다.

오이디푸스가 자신의 출생의 진실을 밝히는데 있어 어떠한 열정과 결의로 임하는지 주목할 필요가 있다. 양치기가 말하기를 거부하자 오이디푸스는 고문과 죽음으로 그를 위협한다. 정말로 오이디푸스는 상황을 전적으로 통제하고 있었으며 그렇기 때문에 비천한 양치기가 그에 관한 진실을 털어놓게 된 것이다.

왕과 양치기 사이의 겨루기는 어떤 측면에서 보면 단도직입적으로 보인다. 양치기는 목숨이 아까워 왕에게 요구받은 내용을 말해야 한다. 그러나 그가 말해야 하는 그 내용이 왕을 격노시켜 그에게 폭력을 가할 수도 있음을 그는 알고 있었다. 이런 이유와 또한 그가 말함으로 자신이 그 사건 속에 연루되어 있음을 드러낸다는 점 때문에 그는 혼자 그 비밀을 간직하려 했던 것이다.

몰락하는 과정에서 오이디푸스는 격심한 인간적 곤욕을 겪는다. 한 순간에는 그는 전권을 지녔으며 자신의 운명도 통제할 수 있는 것처럼 보였다. 그러나 다음 순간 그는 힘없이 무너져 내린 것이다. 관객은 연민과 공포를 경험하게 되며 이것이 카타르시스로 변하는 것이다.

■ 엑소도스

1) 내용요약

왕궁으로부터 사자가 와 왕비의 서거소식을 알린다. 그는 왕비의 자살과 오이디푸스가 끔찍하게도 이오카스테의 핀으로 자신의 눈을 찔러 소경이 된 연유 등을 세밀히 들려준다. 오이디푸스가 무대 위에 나타나 합창단의 공포와 연민을 자

안티고네와 이스메네

아낸다. 왜 자신의 눈을 끔찍하게도 찔러 소경이 되었는가하고 질문을 받자 오이디푸스는 자신이 사랑했으나 더럽혀 놓은 자들, 특별히 두 딸, 이스메네(Ismene)와 안티고네(Antigone)를 더 이상 바라볼 수 없었기 때문이라고 괴로워하며 설명한다.

오이디푸스는 테베의 주권을 떠맡은 크레온에게 자신을 사형시키거나 추방시켜 달라고 간청한다. 크레온은 신탁에 물어보아 재판하겠다고 말하며 그 동안 복종하라고 충고한다. 낮아져서 오이디푸스는 크레온과 함께 왕궁 안으로 사라지고 코러스(합창단)가 다시 오이디푸스의 몰락을 슬퍼한다.

2) 논평

자신도 모르게 저지른 행동의 실체가 드러나면서 거의 미칠 지경이 된 오이디푸스가 의식적이고 고의적으로 스스로 소경이 된 것은 자신의 고통을 다스리는 그 나름의 방법이었는지 모르겠다. 그의 끔찍한 자학적 폭력행위는 그의 분노를 해소시키고 소진시켜준다. 이제 그는 "나는 고뇌다"라고 말함으로 기구한 운명과 하나됨으로써 그 운명을 받아들이고 있다.

그렇다면 마지막 해결은 한 때 오만했던 오이디푸스가 자신의 소경됨을 받아들이고 다른 사람의 의지에 순복함으로써 겸손해지는 것이다. 이제 고집스런 왕은 자신의 운명—치욕으로 얼룩진 불안정한 미래—에 순복하며 코러스가 "죽어서 마침내 고통에서 해방될 때까지는 어떤 사람도 행복하다고 생각하지 말아라"고 노래하며 정상의 위치로부터 떨어진 오이디푸스의 몰락을 슬퍼한다.

고대 아테네인들은 결정적 행위와 결의를 잘 하는 것으로 알려져 있다. 그러나 어떤 사람도 죽음을 피할 수 없고 운명의 매를 저지시킬 수 없는 것이다. 그러므로 오이디푸스의 비극적 몰락이 불러일으키는 연민과 공포는 카타르시스—곧 운명의 힘은 의지로, 비록 그것이 왕의 의지일지라도 극복될 수 없다는 것—를 느끼게 해준다.

현대 독자들은 오이디푸스가 스스로 눈을 찔러 소경이 되는 장면이 왜 무대 밖에서 일어나, 사자(使者)가 운집한 원로들(혹은 관객)에게 이 사실을 공포하는지 의아하게 생각할지 모른다. 그리스 극은 관례에 따른 엄격한 규례가 있었는데 그 중 가장 엄격한 규례가 폭력묘사에 관한 것이었다. 폭력적 행위는 하나의 전통으로서 "무대 밖에서"(off-stage) 행하여져야 했다. 이 어휘에 해당하는 그리스어는 뒤에 영어에 들어와 "obscene"이 되었고 "예의를 지키지 않고 불쾌하게 만든다"는 뜻으로 쓰이게 되었다.

오이디푸스와 딸 안티고네

작품 이해를 위한 질문

1. 아리스토텔레스는 이 작품을 거의 완벽한 비극으로 평하며 시학에서 11회나 언급했다. 어떤 면에서 이 작품이 비극의 전형이라 할 수 있나?

2. 작품 안에서 코러스의 역할을 논의하라.

3. 작품에 나타난 극적 아이러니를 구체적 예를 들어 설명하라.

4. 오이디푸스는 인생 최고의 절정에서 가장 비참한 나락으로 떨어져 가장 불행한 비극적 인간이 된다. 그의 비극의 비극성을 높여주는 요인의 하나는 오이디푸스가 지닌 위대성 때문이라 볼 수 있다. 이에 대해 논의하라.

5. 오이디푸스와 이오카스테는 신의 뜻을 소홀히 생각하는 공통점을 보이는데 구체적 예를 들어 설명하라.

6. 작품의 주요한 이미져리는 무엇인가?

7. 자기 정체를 알기 위한 투쟁에 있어 오이디푸스의 행위는 얼마나 영웅적이었나?

8. 인간 삶에 있어서 운명과 자유의지는 각기 어떤 위치를 점한다고 이 작품은 말하고 있나?

모범 답안

* 5번 문제 모범 답안 보기

이오카스테와 오이디푸스는 모전자전임을 증명하는 유사점, 혹은 공통점을 보이는데 그 중 신탁 혹은 신의 뜻을 소홀히 여기는 태도를 들 수 있다. 이오카스테는 남편 라이오스 왕과 더불어 오이디푸스를 죽게 내버렸는데, 이는 신탁에 대한 명백한 도전이라 볼 수 있다. 아폴로의 신탁은 그들의 아들이 아버지를 죽이고 어머니와 결혼하게 될 것이라 했다. 그러므로 그들이 신탁을 정말로 두려워했다면 자녀를 두지 말았어야 했을 것이었다. 일단 자녀가 태어났는데 그 아들이 커서 신탁에 예언된 대로 흉악한 죄를 저지르도록 내버려두기란 어려웠을 것이다. 그러나 아들을 고의로 죽게 만들므로 신탁을 피해보려 한 그들의 행위는 인간 도의적으로도 살인죄에 해당하지만 인간의 방법과 지혜로 신의 뜻을 바꾸어보려 한 행위이므로 명백히 신의 뜻에 거스르는 행위인 것이다. 아이를 버리고 난 후에도 그녀가 신탁을 참으로 믿고 존중했다면 그 예언이 이루어질 수 있으리라는 생각을 가졌을 터이고 그렇다면 젊은 영웅 오이디푸스가 스핑크스를 퇴치하고 나타나 자신과 결혼하게 되었을 때 그녀는 좀더 세밀한 관심을 가지고 오이디푸스를 관찰했어야했다. 그러나 이오카스테는 오이디푸스의 "부풀어 오른 발뒤꿈치"의 눈에 띄는 흔적에도 불구하고 한 번도 그가 자신이 버린 아들일지 모른다는 생각을 하지 않는다. 적어도 그녀가 그러한 의구심을 품은 모습이 작품에 나타나지 않는다. 오히려 오이디푸스가 자신이 받은 무서운 신탁에 대해 걱정하자 예언이란 믿을 것이 못 된다며 그를 위로하며 그 증거로써 자신과 라이오스 왕이 어린 아들을 버려 죽게 함으로 신탁의 예언이 성취되지 못했다고 분명한 어조로 말한다. 이런 그녀의 모습에서 그녀가 자신이 버린 아들이 틀림없이 죽었고 그러므로 신탁은 완전히 무효화되었다고 믿는 확신을 엿볼 수 있다. 폴리보스 왕의 서거소식을 코린트에서 온 사자가 전할 때에 그녀는 이것이야말로 오이디푸스에 대한 아폴로 신탁이 무의미함을 말해주는 명백한 증거라고 기뻐하며 그래도 여전히 어머니에 관한 예언이 남아 있다고 염려하는 오이디푸스의 기우를 가볍게 일축한다. 그러나 그녀가 완전한 무신론자는 아니다. 세 번째 에피소드에서 그녀는 남편인 오이디푸스의 마음의 평정을 위해 아폴로 신에게 제물을 드리며 기도를 올리는 모습을 보여주기 때문이다.

오이디푸스 역시 신의 뜻을 소홀히 여기며 이로 인해 고통을 겪는다. 오이디푸스가 신의 뜻을 소홀히 여기는 모습은 이오카스테만큼 의식적, 고의적이라기보다 인간적 연약함과 더욱 결부되어 나타난다고 볼 수 있다. 델피에서 후일 아버지를 죽이고 어머니와 결혼하리라는 신탁을 받고 그는 고향인 코린트를 멀리 등졌으나 이 때 그는 한 번

더 냉철하게 생각했어야 했다. 그가 델피에 갔던 것은 그를 키워준 폴리보스 왕 내외가 친부모인지를 확인하기 위해서였는데 그에 대한 대답은 못 얻었으므로 그 문제는 아직 미결상태로 남아 있었던 것이다. 그러므로 폴리보스 왕 내외는 여전히 그의 부모가 아닐 수도 있었던 것이다. 그러므로 그가 참으로 신탁을 존중했더라면 그 후 얼마 안 있어 삼거리 길에서 머리가 희끗희끗한 노인을 죽일 때 한 번 더 생각했어야 했고 더군다나 곧 이어 자기 나이만큼, 연상인 이오카스테 왕비와 결혼을 할 때 신탁의 내용을 기억하며 신중히 결정했어야 했다. 그러나 그는 성급함과 혈기에 못 이겨 라이오스를 죽였고 명예와 권력, 욕망에 끌려 왕비와 결혼했던 것이다.

오이디푸스가 신의 뜻을 소홀히 여기는 모습은 그의 오만과도 연결되어 나타난다. 그의 교만의 가장 큰 근거는 스핑크스의 수수께끼를 풀고 괴물을 물리쳤다는 지적능력에서 비롯되었다. 그 지적능력이 그를 왕 되게 하였고 행운아로 만들어준 것이다. 그는 "새들의 가르침을 받아서가 아니라 나의 기지로" 스핑크스를 이겼노라고 말하는데 여기서 새들의 가르침이란 신의 계시에 따라 말하는 예언의 새들을 가리킨다. 여기서 오이디푸스는 신들의 도움이나 계시에 의해서가 아니라 스스로의 지혜로 괴물을 물리쳤음을 넌지시 드러내어 자랑하고 있는 바 그러므로 신의 뜻, 신의 능력을 소홀히 여기는 태도와 그의 교만을 동시에 엿볼 수 있다. 오이디푸스가 신의 뜻을 소홀히 여기는 또 다른 모습은 예언자 테이레시아스와의 관계를 통해 드러난다. 테이레시아스는 비록 육신의 눈은 멀었으나 신의 계시를 전하는 존경받는 예언자이다. 이 예언자가 주저 끝에 말한 내용을 그는 맹렬한 분노로 거부하며 오히려 그를 음모자로 몰아 비난한다. 신의 말을 대변하는 자를 모욕하고 거부하는 것은 신을 모욕하고 거부하는 것과 다를 바 없다 하겠다.

위에서 살핀 바대로 오이디푸스와 이오카스테는 둘 다 신의 뜻을 소홀히 여기는 유사성을 지니고 있는 바 이들이 겪는 고통과 비극적 파멸은 바로 그 결과라고 말할 수 있다.

참고 문헌

Berkowitz, Luci and Brunner, Theodore F. trans. and eds. *Oedipus Tyrannus*. New York: Norton, 1970.

Bloom, Harold, ed. *Sophocles' Oedipus Rex*. New York: Chelsea House, 1988.

Bowra, C. M. "Sophoclean Characters", *Oedipus Tyrannus*. trans. and eds. Luci Berkowitz and Theodore F. Brunner. New York: Norton, 1970, 82-106.

Cohen, Robert. "Oedipus and the Absurd Life", *Oedipus Tyrannus*. trans. and eds. Luci Berkowitz and Theodore F. Brunner. New York: Norton. 1970, 178-182.

Dodds, E. R. "On Misunderstanding the *Oedipus Rex*", *Oedipus Tyrannus*. trans. and eds. Luci Berkowitz and Theodore F. Brunner. New York: Norton, 1970, 218-229.

O'Brien, Michael J. *Twentieth Century Interpretations of Oedipus Rex*. Englewood Cliffs, N. J. Prentice Hall, 1968.

Poole, Adrien. *Tragedy: Shakespeare and the Greek Example.*

Oxford: Blackwell, 1986.

Lesky, Albin. "Oedipus: An Analytic Tragedy". *Sophocles' Oedipus Tyrannus*. trans. and eds. Luci Berkowitz and Theodore F. Brunner. New York: Norton, 1970, 128-132.

Miller. J. Hills. *Reading Narrative*. Norman: University of Oklahoma Press, 1998.

Segal, Charles. *Oedipus Tyrannus: Tragic Heroism and the Limits of Knowledge*. New York: Twayne, 1993.

Sheppard, J. T. "The Innocence of Oedipus", *Oedipus Tyrannus*. trans. and eds. Luci Berkowitz and Theodore F. Brunner. New York: Norton, 1970, 191-204.

Vellacott, P. H. "The Guilt of Oedipus", *Oedipus Tyrannus,* trans. and eds. Luci Berkowitz and Theodore F. Brunner. New York: Norton, 1970, 207-218.

Waldock, A. J. A. "Drama of Dramas: *The Oedipus Tyrannus*", *Oedipus Tyrannus*. trans. and eds. Luci Berkowitz and Theodore F. Brunner. New York: Norton, 1970, 113-128.

· 옮긴이

강명순

- 학력: 1967년 서울대학교 사범대학 영어교육과 (문학사)
  1981년 서울대학교 인문대학원 영어영문학과 (문학석사)
  1992년   ″   (문학박사)
- 경력: 1981~현재 한양대학교 국제문화대학 영미언어문화학부 교수
  1988년 Yale대학교 객원교수
- 논문: (1) 학위논문: Shakespeare 후기비극의 남성적 여성들의 특성과 그 영향에 관한 연구
  (2) "The Waste Land" 小考—Eliot의 주석이 지닌 의미를 중심으로
  (3) "Andrea del Sarto"에 대한 공감과 판단
  (4) The Jew of Malta와 The Merchant of Venice의 비교연구
  (5) Cleopatra의 악마성 등 다수

오이디푸스 왕

소포클레스 지음/강명순 옮김
초판 5쇄 발행일 2023. 2. 16
ISBN 89-5506-174-9

· 펴낸곳

도서출판 동인 / 펴낸이 · 이성모 / 주소 · 서울시 종로구 혜화로3길 5 118호 / 전화 · (02)765-7145 /
팩스 · (02)765-7165 / Homepage · www.donginbook.co.kr / E-mail · donginpub@naver.com /
등록번호 · 제 1-1599호

정가 8,000 원

※ 잘못 만들어진 책은 바꾸어 드립니다.